Тридцать три урода и Чорт
33 Abominations and The Devil
Лидия Зиновьева-Аннибал
Lidiya Zinovyeva- Annibal

33 Abominations and The Devil
Copyright © JiaHu Books 2015
First Published in Great Britain in 2015 by JiaHu Books – part of
Richardson-Prachai Solutions Ltd, 34 Egerton Gate, Milton Keynes,
MK5 7HH
ISBN: 978-1-78435-162-5

Visit us at: jiahubooks.co.uk

Тридцать три урода   3

Чорт   34

Тридцать три урода

Вячеславу Иванову

1 декабря.

Сегодня я проснулась очень рано. Горела свеча на моем столике, у моей постели. На коленях стояла Вера и, уткнувшись в мой матрац, плакала. Я спросила о чем.

-- Все неверное на земле. И красота тоже. Ты состаришься. Ее лицо было заплакано, и слезы капали отовсюду: из глаз, из носу и из глубоких врезов в углах ее губ, которые делают ее рот трагичным.

Я сказала:

-- Да.

3 декабря.

Она удивительная актриса. Она такая, каких не было, нет и не будет.

Я ее спросила, когда мы вчера вернулись из театра:

-- Вера, ты счастлива?

Она, вместо ответа, усаживала меня на постель и расстегивала на мне платье. Потом:

-- Твоя ванна готова. Идем. Я влила твой любимый крем.

-- Вера, столько восторга, поклонения тебе!.. Им всем ты дала счастье. Сама ты счастлива?

-- Я привыкла. Иди же. Иди. Ванна стынет. Иди.

-- Ты и ко мне привыкнешь?

-- Нет, к тебе не могу.

Она целовала мне глаза, и губы, и грудь и гладила мое тело. Да, у меня прекрасное тело! Значит, в этом мое счастье. Потому что я -- красота.

Не надо привыкать. Я не привыкну к своей красоте.

6 декабря.

Вера заказала мне шелковых и шерстяных тканей шириной в мой рост. От них отрезает по три аршина. Скалывает на мне у плеч и вдоль одного бока сверху до колена.

Это мои хитоны.

Ношу их на голое тело. Мне это нравится: я в них такая высокая и гибкая, и легка, как нагая. На босую ногу сандалии.

Когда приходят чужие, Вера набрасывает мне свободно через спину длинную ткань, скрепляет у плеч, и, перекинутая через руки, она свисает до полу по обе стороны хитона.

15 декабря.

Утром она ходила к портнихе. Я осталась завивать перья. Потом разбросала их вокруг и легла в подушку грудью. Я люблю ощущать под собой свои груди: они такие удобные, маленькие и упорные.

В моей комнате нет стульев и столов. Вера говорит: дикие сидят. Только лежать красиво и достойно тела. Она постлала ковры на матрацы вдоль стен, забросала их подушками...

Лежала, вытянув вперед локти, оперев о них голову. Так хорошо вспоминается. Еще недавно жила с ними. Бабушка была чувствительна и бессердечна. Так сказала Вера...

Вера странная. Но я ей покорилась бы во всем. Покоряюсь... Да, утром на локтях вспоминала ночь, ту -- незадолго до назначенного дня моей свадьбы. Бабушка сказала, что муж моей матери не был ни ее мужем, ни моим отцом. Бабушка думала, что мне следует узнать это перед свадьбою, и... она хотела, чтобы я оценила ее ловкость. Ведь, несмотря на то, она добыла мне жениха. И вместе с тем она боялась, что открытие это меня поразит. Впрочем, отчасти и радовалась эффекту. Только ей пришлось успокоиться и... разочароваться. Я не удивилась. Ничего ведь не изменилось ни во мне, ни вокруг меня оттого, что я узнала о факте, уже давно совершившемся и всем известном. Тогда я даже ничего не стала думать и догадываться. Скучно. Я только старалась вспомнить маму. Не вспомнить, а представить себе, потому что мама умерла во время родов и бабушка усыновила меня. Но не могла и тогда: вместо мамы представлялась бабушка помоложе, и мне она была -- все равно.

Теперь, вот сегодня утром, я больше думала, чем тогда ночью. И не понимала: зачем этот расслабленный женился на моей матери, зачем искусно развращал ее (так сказала мне бабушка), свел с другим в каком-то ресторане, отослал потом к бабушке беременную и развелся на основании своей расслабленности?

Даже Вера не знает. Думает: или из злости на недоступность жизни, или из глупой надежды вылечиться через невинную девушку, или из последнего ему еще открытого сладострастия.

Скоро все же надоело думать об этом неразумном человеке. "Гадкая великосветская история!" -- говорит Вера.

Вера ненавидит свет и ненавидит мужчин. Вера великолепна. Как она вошла в нашу ложу в вечер перед моей свадьбой!

Бабушка вышла только что. Мы с ним стояли вдвоем, когда ворвалась в дверь порывисто она, высокая, в плаще поверх костюма королевы и позабытой на голове короне.

Она сказала ему какие-то быстрые слова. Он дрожал весь и выронил из-под локтя мою руку. Вера схватила мою руку жестко и повела...

Вела полутемными, пыльными пространствами, между каких-то странных машин и построений, по возвышенностям и низинам, и шаткой лесенкой в свою уборную. И держала руку жестко. Там она захлопнула дверь, грубо выгнав каких-то женщин с влюбленными глазами поклонниц.

Я не помню ее слов. Была, как в угаре. Она целовала мои руки, и я узнала, что меня одну она видела в этот вечер, для меня играла, меня любила, и это было так безумно!

Глядела на меня своими... безусловными глазами -- их я

упомнила до продолжавшейся всю ту ночь галлюцинации -- и велела прийти на следующее утро к себе.

И отпустила.

А там, под лесенкой, ждал он и вел меня назад, такой нетвердый и белый, и без слов.

Для меня она так ворвалась в ложу или для него -- моего жениха и ее бывшего любовника?

Но она сама его прогнала. И как я могла одну минуту это подумать! Тогда, в тот вечер, и не подумала. И никогда не думала.

Вера! Она совсем не добрая. Она... или она просто слепа, лунатик, и никого не видит? Только мне иногда так кажется, сквозь себя что-то, даже не себя самое. И тогда мне неуютно.

Почему я пошла в утро дня моей свадьбы на свидание к ней, вот сюда. В эту комнату, которая была прежде ее спальней?..

Она приняла меня, лежа в постели, больная, всю ночь в безумии плакавшая. Говорила голосом неприятным в комнате, не на сцене, глухим и неровным, некрасивым:

-- Ты должна их покинуть. Ты не их Я тебя научу самой себе. Я тебя сделаю прекрасной, потому что я прекрасна. Со мною ты будешь богиней...

Она сжимала мою руку жестко, и я не знала: прекрасно ли ее много страдавшее лицо, заплаканное и со злым огнем?

Кто-то постучал. Она грубо прогнала от двери.

Линии ее тела под одеялом были жесткие. Я знала, что она будет строгая. Но ее глаза, потемневшие, как сине-пурпуровый виноград, были б е з у с л о в н ы. Лучше не опишу себе ее глаз, лучшими словами.

Утром на локтях... (когда лежу, вытянувшись, и голову на локтях, все ясно и верно знаю без мыслей), утром знала, что никогда не пожалею, что отказала жениху, надела самую старую шляпу и шубу (у Веры ведь все будет совсем другое, я это сообразила) и сказала бабушке, что ухожу навсегда. Бабушка сначала кричала о несовершеннолетии, о благодарности к чистой женщине старого рода за усыновление... потом вдруг, в полной ярости, подняла обе руки и широким жестом прокляла, лишая своего материнства и наследства. Бабушка оказалась гордою...

И снова старалась представить себе мать, то есть сегодня утром старалась, но представлялась Вера.

И, наконец, она вернулась от своей портнихи.

Я слышала ее нетерпеливый звонок, упавший зонтик, торопившиеся и не совсем верные, какие-то зыбкие и страстные, ее шаги.

Через минуту она ворвалась в мою комнату. Закинув мне голову, она прильнула губами к моим губам, так что у меня тихо и сладко кружилась голова.

-- Вера, он так тебя целовал? Ты любила это? Вера, как целуют мужчины?

-- Не знаю. Не помню. Я все забыла.

-- И тебе никого не жалко вспоминать?

-- А тебе? Ты все потеряла для меня.

-- Нет, мне с тобой хорошо.

И пока она, благодарная, сжимала меня, опустившись на мое место, меня же уложив на свои колени:

-- Вера, отчего мать умерла, не назвав отца?

-- Конечно, оттого, что он был слишком высок.

-- Так и бабушка говорила.

-- В этом случае бабушка была права. В тебе царская кровь. Мне казалось, что Вера становится актрисой, говоря так. Но она имеет право: она же такая большая актриса.

-- Вера, а мне иногда представляется, что мой отец был жокеем или конюхом, и потому мать не говорила.

Вера бросила меня и плачет, сердясь. Но мои ласки успокаивают ее.

-- Вера, за что ты меня полюбила? Зачем взяла?.. У меня нет таланта?

-- Таланта... Нет.

-- Зачем же ты меня выводишь на сцену?

-- Так. Говорят, человек должен работать. Потом вдруг, с огнем и тем голосом, от которого все они там вздрагивают и напрягаются каждым нервом:

-- Нет, это не то я сказала. Тебе не нужно работать, потому что ты воистину прекрасна. Но потому, что ты воистину прекрасна -- я не могу не давать тебя людям. Они смотрят. Видят красоту. Ничего нет в жизни. Искра вспыхнула и потухла. Только боль и обида, и нельзя понять к чему. И скука. И скука. Но красота! Скажи, моя любовь, откуда, что это -- красота?

И она снова осыпала меня поцелуями, мои волосы, мои губы и зубы... Отстегнула броши, скреплявшие складки хитона у плеч, и целовала плечи и грудь, и мою узкую спину, которую я люблю чувствовать гибкою и вздрагивающей под лаской... и не могла Вера остановиться. Целовала и, рыдая, кричала тем своим криком, от которого замирают они там, в ложах и райке, как одно пораженное тело, как одна исступленная душа.

Кричала все:

-- Я должна давать тебя людям. Великодушие! Великодушие! Вот что делает из зверя человека!

16 декабря.

Всю ночь не спала спокойно. И с утра беспокоят эти слова Веры и ее голос.

Пока она спала, молилась Царице. Это успокоило меня.

Молилась, чтобы не случилось никакой беды от того голоса Верина.

19 декабря.

Сегодня вечером нет театра. Внизу у нас было отказано принимать. Часто Вера это делает, чтобы провести свободный вечер вдвоем.

Она читала "Лира в пустыне".

В ее комнате так не похоже на пустыню!

Только маски, мерцающие неуютно на транспаранте экрана... Это оттого, что за ними в камине мерцали беспокойные огоньки.

Эти маски сделал ее друг, большой художник. Но теперь Вера отстранилась от него.

Вера, мне кажется, не любит художников. И даже когда

была к ним близка, никогда не допускала писать с себя.

Было непонятно слышать вопли Лира над изменившею любовью и видеть его безумное, стихийное лицо там, где по глухому ковру металась Вера между ласковою старою мебелью ее матери-монахини.

И струи дождя, и ветер в пустыне -- когда все стояло на месте, и горел камин, сухо треща синими и красными огоньками, и две масляные старинные лампы...

Все маски вдруг ожили теми красными и синими язычками. Закричали. Завопили разинутые рты проклятиями и хохотом.

Потом вдруг все замолчало.

Старый Лир в растерзанной одежде и с безумными глазами застыл. И все маски молчали. И ветер и дождь тоже. Огоньки камина утихли. Это длилось очень долго. Мне казалось -- невыносимо долго.

И мне это молчание масок показалось самым страшным и самым новым, что я когда-либо знала.

Я закричала:

-- Вера, Вера, вернись! Этого нельзя делать в комнате, так близко.

20 декабря.

Я не понимаю, отчего человек должен работать. Тогда счастливее зверь. Я не люблю работать. К чему себя обманывать? Но, если нужно работать, я покорюсь, конечно, без ропота. Так же покорюсь и боли, и смерти.

21 декабря.

Видела во сне Царицу.

Похожа была на Веру, только спокойная, полнее и выше.

Как богиня.

Тоже тусклые, черные волосы, но под зеленой фатой. Глаза, как темный синий пурпур винограда. И губы полные и важные, очень строгие, как у Веры но совсем без трепета и той легкой кривизны, которая меня так волнует у Веры и делает ее рот трагичным (вместе с теми врезами под углами губ).

Она была высока очень и в зеленой длинной одежде, но все-таки я видела из-под зеленого края ноги.

И упала на землю. Кажется, была трава, пахла земля кореньями и травой.

И я целовала белые ноги такой дивной, совершенной красоты, что сердце мое, обожая и молясь, остановилось в груди.

И я умерла. Тогда тихая, тягучая сладость медленно полилась по жилам... я проснулась, истомленная.

22 декабря.

Не спала. Утром увидела ее ноги. У Веры ноги прекраснее моих Они прекраснее даже ее плеч божественных. Она спала. Я стала на колени у ее постели. Целовала их богомольно.

Сердце умирало.

Вера проснулась. Глядела на меня, не отнимая свой теплый мрамор.

Вдруг, как в теплом вихре, я потерялась...

Мать, богиня, подруга!

Она все знает. И все становится прекрасным мое.

Все так.

Значит, это моя красота?

Плачу еще. Пишу и плачу.

Весь день лежала грудью в подушку.

Веры не было весь день. Ее где-то чествуют. Куда-то повезли. Вдруг стало страшно.

Какая моя странная судьба! Я верю в судьбу.

Вспоминала картину -- копию с какой-то итальянской картины, кажется, св. Агата. Ей вырывают железом соски, и двое мучителей с таким любопытством одичалым заглядывают в глаза. А глаза Агаты блаженные, блаженные, блаженные.

Я часто молилась ей у бабушки, но с собой не взяла. Думала: у Веры все другое.

Теперь скучаю. Она бы утешила.

Мне страшно. От этого я села вот записывать. Так меня учила делать Вера, когда ее нет дома.

Когда она придет, я разую ее ноги, лягу на пол, и, такая вся истомленная, я стану целовать ее ноги.

Не покажу ей этих записей... Вот, вот ее звонок...

26 декабря.

Нужно записать вчерашний день. Слишком странно было видеть Веру такою. Вера ведь не всегда была актрисой. Верно, это оттого.

Она имела ребенка и мужа. Она в шестнадцать лет вышла замуж, потому что так пожелала мать, уходя в монастырь. Вера любила мать кумирною любовью. Молилась и не спрашивала. И муж был хороший. Когда он умер через два года после брака, Вера плакала, как жена. Хватило покорности кумиру на два года!

Осталась дочь двух месяцев и умерла вскоре.

Одна старая актриса, та самая, которая совершенно обезволевшую Веру привлекла к театру (безумному, безутешному горю матери дала маску и исступление, так сказала мне Вера), на днях объяснила мне:

-- Вот увидите, что будет двадцать пятого: вы убедитесь, что наша великая Вера -- добрая мать. А если бы вы видели, как она изводилась, когда умер у нее этот грудной ребенок! Что такое грудной ребенок? Кусок мяса, по-моему. Но она пила воду из колодца кладбищенского, чтобы приобщиться червям.

Мне было не страшно слышать про червей. Отчего не пить воду... такую, когда хочешь смерти?..

Двадцать пятое настало. Но не незаметно. Мы в свободные минуты до устали работали с Верой. Она шила костюмы куклам, все костюмы, которые носила и которыми бредила... Я сочиняла головные уборы и прически.

Когда куклы были готовы, мы их выставили в большой зале, где зажгли вечером елку. И мы обе ходили с утра, как в сказке. Мало ели, нетерпеливые, и улыбались ожидательными и знающими улыбками.

Вера сказала:

-- Я не люблю мальчиков, то есть я люблю девочек. И

хотела бы, чтобы только они пришли за своими куклами. Но видишь ли, я все-таки стараюсь быть справедливою. Мне же это так трудно и так нужно. Я позволяю им приводить и своих братьев. Мы им дадим лошадей и барабаны. А знаешь ли, если бы у меня был тогда сын, а не дочь, не знаю, любила ли бы я его так или нет. Да и почему я ее так любила, не понимаю. Я совсем не добрая мать. И никогда после не хотела ребенка... Только тогда -- это безумие! Ходила, светилась вся, улыбалась себе. Муж меня спрашивал: "Чему улыбаешься?" И сам знал: "Конечно, ей. Это чудо, Верочка, с тобою случилось. Мне все говорили: не будешь с нею счастлив. Она не жена и не мать..."

На елке во всем свете, тихом горении восковых свечей (Вера только восковые любит) и громком смехе, говоре, движении меня поразило изумление в глазках детей, приведенных гостями и созванных со двора и улицы, и отсутствие бород и усов на лицах мужчин. Я привыкла к актерам, но это было смешно во всем многолюдий в большой нашей зале.

Вера смеялась моему замечанию. Вера сияла, была мягкою, ступала доброю, ласковою походкою, всем улыбалась. Детей подзывала и гладила их, и целовала в губы.

Был ее праздник. И так словно проливались по большой комнате волны жаркие, пахнущие рождественской смолой.

27 декабря.

Вере приносили подарок. Лижущую Пантеру. Это -- маленькая скульптура. Приносил ее друг -- Сабуров, художник.

Меня тогда не было дома. Ходила за метрикой к бабушке. Бабушка, конечно, не могла лишить меня моего имени. У меня же нет имени, и это мне нравится.

Бабушка плакала. Значит, любит же. Мне было ее жалко. Она даже звала назад. Но... она не может знать моего счастья.

Кто же из них так умел любить, чтобы все мое

становилось прекрасным и чистым?

Вера сегодня была чем-то расстроена.

Но любила меня безумнее.

Мне это как-то страшно.

Боже! Какие страшные дни! Как туман золотистый в глазах.

Мне кажется, что видят мой туман. И те, которые приходят, и там на репетициях. И вчера на вечере, где Вера была так великолепна.

Но жизнь моя дивная, странная. И мне хорошо.

28 декабря.

Вера меня делает. Мне кажется, что я становлюсь красивой оттого, что она меня видит. Это делает меня такою спокойною, уверенною и легкой в то же время.

Вера сказала:

-- У тебя благосклонный взгляд.

Отчего моему взгляду быть злому? Я желаю всем людям добра, как и себе желаю. Раз меня Вера спросила:

-- Что, если тебе захочется того, что вредит другому? Я не знала долго, что отвечать: мне люди еще мало делали зла. И я, кажется, им тоже. Потом сказала:

-- А может быть, мне тогда и перестанет хотеться.

-- Так, само собой?

-- Ну да. А то как же?

Она долго ходила взад и вперед, потом спросила, и ее глаза горели упорно и неуютно:

-- А если захочется того, что вредит тебе самой?

-- Я думаю, что тогда то же самое.

-- Не захочется?

--Да.

-- А если все-таки?

-- Тогда, значит, в исполнении больше радости, чем беды во вреде. Или не так разве?

Вместо ответа она мне поцеловала руку.

-- Ты мудра!

Может быть, это и есть мудрость? Не знаю, но мне все кажется так просто.

29 декабря.

Все люди мне стали так издали.

Вчера бабушка прислала мне триста рублей. Какая добрая! Еду сейчас за кольцом Вере. Я уже высмотрела рубин и все думала; вот были бы деньги... Как раз триста.

30 декабря.

Таня, оказывается, была в гостиной, когда он приносил ей Лижущую Пантеру. И сегодня сказала мне на катке -- мы с ней за руку скользили головокружительно по дивно гладкому льду:

-- Знаете ли что? Сабуров просил тогда писать ваш портрет. Я не знала.

Таня сказала еще, отпустив мою руку и внезапно круто повернувшись дугой на одном коньке:

-- Я очень вам завидую. Он знаменитость.

И еще после оборота:

-- Это очень выгодно для актрисы... Но она, конечно, отказала... Знаете что: мне иногда кажется, что вам не совсем выгодна эта близость с Верой.

Таня завидует. Но ведь все люди завидуют. Совсем напрасно уверять себя в обратном.

Или вправду не выгодна близость Веры?

Впрочем, что такое выгода?

На что мне портрет или что бы там ни было? Я же счастлива.

31 декабря. Рано утром.

Вчера вечером все у нас толковали о Лижущей Пантере. Кажется, все дело в вытянутой линии тела и языка. В языке что-то эпилептическое. Все одна невозможная судорожная прямота.

Кто-то сказал, что это остро действует.

Многие упрекали Веру за то, что она не приняла скульптуры.

Вера не оправдывалась. Загадочно улыбалась, злая.

1 января.

Новый год мы встречали вдвоем. Цветы. Вино. Гадали. Воск наш вылился до жуткости отчетливо и красиво.

Вере курган и крест с распятым на нем телом. Перекошенное от боли тело в змеистом напряжении мускулов. Да, было страшно!

Мне вылился плоский кусок. Воск всплеснулся по его поверхности вверх многими тонкими прозрачными и лопнувшими брызгами-розами. Это был розовый сад, обильный, радостный, и посреди фигура женщины. На теле, казалось, прозрачные, нежно прилегающие складки. Она вскинула руки, и был такой ее наклон, что чувствовался бег.

Мы растолковывали друг другу наши судьбы.

Вера говорила:

-- Видишь, видишь, ты царица. Конечно, отец влил в тебя царскую кровь. Цари так проходят по жизни, как по саду. Цари не бунтуют. Они не нуждаются в бунте. Поэтому они кажутся покорными. Они не вожделеют, потому что им нечего вожделеть. В них же все. Поэтому они кажутся всем довольными. Они даже не рассуждают, потому что рассуждают люди, пока не живут. А когда жизнь нахлынет -- молчат и пьют. У царей жизнь всегда. Ты пройдешь по жизни, как по саду роз, и ты будешь любить уколы шипов и душную негу лепестков.

Разве это правда?

И вдруг Вера разрыдалась -- себе самой, кажется, неожиданно -- и все закончила непонятными словами:

-- И в том мое распятие, что ты идешь садом роз. В них все страдания, все радости, все неги, и ты принадлежишь жизни... Я же кричу тебе: стой! Вот видишь -- скрючилось мое тело. Это оттого, что я должна каждою жилой кричать: стой! Распятая раба бунтует.

И Вера смеялась прямо из слез.

Так печально и жутко кончился наш праздник.

Уже в постели, куда она привела меня, испуганную, дрожащую, она распустила мои волосы и ласкала их быстрыми движениями своих чутких, страстных пальцев.

Ее пальцы чувствуются хрупкими, когда я их целую, и это мне сладко нравится.

Она целовала меня, как бы молясь глазами, снова с пурпуром, почти как черный виноград.

Долго молилась.

Вера не умеет молиться. Это очень печально. Меня так утешает молитва.

Долго плакала, одна, проснувшись, когда Вера заснула наконец. Мне было страшно. Если этот курган предвещает ей могилу, как же я? Я не могу остаться, когда ее не будет. Я не могу, я не могу, не могу привыкнуть без нее.

А может быть -- курган не значит могила? Отчего я такая суеверная? Это ужасно.

Если Вера умрет, то и я, конечно, тоже. Убью себя, но что же делать?

Так неприятно окончилась встреча Нового года.

7 января.

Вчера в уборной театральной я увидела маленького человека с большим, круглым, лысеющим черепом и детскими, весело прыгающими глазками. Я удивилась, услышав его имя, что таков этот большой художник.

Впрочем, он мне не неприятен, именно из-за детских глаз.

Я сегодня ужасно веселая. Учу новую роль, довольно длинную. Может быть, все-таки есть талант.

Странно, что Вера не любит наставлять меня в ролях. Она совсем не верит и на днях сказала:

-- Цари не нуждаются в масках. Маска -- это отдых от себя, выход из себя.

Но мне было бы радостнее иначе. Я же очень люблю театр.

Отчего-то меня волнует знакомство с художниками! Но Вера смешно отстраняет меня от них.

11 января.

Вера стала странною с тех пор, как только плакала и кричала:

-- Я должна тебя дать людям!

Подолгу смотрит на меня своими страшными, совершенно неумолимыми глазами, и молча. Часто задает вопросы странные, на которые так трудно отвечать. Я думаю, оттого трудно, что если ответить просто, то покажется глупым.

Часто она, не дождавшись чего-то непонятного от меня, убегает спотыкливо и жалко в свою комнату и там страшным голосом выговаривает самые страшные свои роли. Это неприятно так близко.

И по ночам мне стало одиноко: Вера не спит больше на моей постели. Думаю, потому, что часто плачет по ночам.

Как прекрасно трагичное под маской, но когда оно так голо предо мною и... когда вовлекает меня насильно... я не знаю, хорошо ли мне. И сама как-то теряю себя.

Впрочем, я сама слезливая и плачу часто и легко.

13 января.

В моей комнате во все окно стоит камелия. Целое дерево-камелия в деревянной кадке.

Я страстно люблю камелии. Листья темные-темные, блестящие, жесткие. Цветы ясные, спелые, открытые и с телом. Только не пахнут. Именно это мне нравится.

В сущности, я камелии люблю, а не розы. Это Вера свои розы мне приписала. Не ей ли и мой сад роз вылился?

Или просто те восковые кусты мои -- были камелии?

Сегодня приходил Сабуров без Веры. Просил у меня камелию. Я дала. Когда Вера вернулась и я ей сказала, она вдруг побледнела, лицо перекосилось, и она била меня. Это уродливо. Она била по щекам ладонями и по голове, была сильная, пышущая, с набухшей жилкой через лоб и бешеным ртом набок. Мне стало противно и жалко ее.

Потом она сидела полночи на полу в странной позе и смешная в прозрачной рубашке: обхватив колени руками и пригнув голову, вся в комке, и вдруг непонятно сказала:

-- Все равно, я обещалась... Ты будешь и их.

Я плакала.

Она не просила прощения.

Разве она не боится, что я уйду? Дико! Мне иногда кажется: она вызывает разлуку.

Так разве я уйду?

Пусть она бьет.

Я же ее люблю.

14 января.

Часто вспоминаю прошлое. Впрочем, без тоски. Каждая минута хороша, даже неприятная. Когда пройдет, конечно.

С ними мне не было худо. Я же и не умею скучать. Они меня любили и баловали. Бабушка заботилась, чтобы учителя меня образовывали для бальной невесты. Окружавшие были довольно красивые, то есть -- не были, а казались. Я это знала и именно любила, что казались, и совершенно серьезно принимала это.

И все-таки они не умели к а з а т ь с я и половиною того, что Вера е с т ь.

Конечно, Вера прекрасна, и не нужно привыкать.

Мне кажется, она боится больше всего двух вещей: привычки и измены. Глядит часто с этим страхом в глазах: не привыкла ли я, или не изменяю ли?

Но к ней не привыкну. К тому есть причина: Вера имеет славу, но ведь и Вера умрет. В с е,   и   в ы с ш е е, н е п р о ч н о.

Швыряется, швыряется своим сильным, большим, спотыкливым телом между страхов и восторгов, и сорвется же струна.

Я часто об этом думаю, то есть себе это представляю так вот: Веру мертвой, совсем неподвижной, на столе, в гробу... и я тоже уже, конечно, не могу жить. Но мне потому-то и нравится, едко нравится так себе представлять, кого люблю (я раньше бабушку, потом жениха так представляла, даже животных любимых: нашу Искру -- кошку с огненными брызгами по черно-серой шерстке).

17 января.

Как приятно, что у Веры в комнате такие большие зеркала. Вера красива, хотя ее тело немного поносилось:

линия живота и груди немного мягки... Но мне нравится. Едко.

Мы вместе... но безумна Вера... Она безумеет, глядя в глубокие зеркала на нас вместе, и кричала утром:

-- Пусть все остановится. Остановится, понимаешь? Ни шагу назад, ни шагу вперед. Я кричу жизни: стой здесь!

Она смешна и великолепна.

18 января.

Я ребенок полумальчик, полудевочка в начинающихся округлениях и забытых еще детством, вытянутых, худощавых линиях ног и рук. Вера не устает это повторять.

Вера смешна и великолепна.

2 февраля.

Наконец я узнала, отчего она тогда, уже два месяца назад, так плакала и кричала: "Я должна тебя дать людям". В душе она решила уже тогда...

Приходили вчера те трое. Вера уже раньше пригласила их в театральную уборную. Впрочем, один из них -- тот, преподносивший ей Лижущую Пантеру и которому тогда она отказала во всем.

Вчера они сказали, что являются представителями общества "Тридцати трех" художников.

Я в уборной близко не могла познакомиться. Всегда второпях и никогда не приходилось поговорить без улыбок.

И потянуло меня к ним магнитом; но Вера отогнала меня взглядом.

Верно, я слабая и послушная. Или это не слабость? Ее взгляд может послать меня в муку и в радость одинаково.

Мне нравится послушание. Оно же мне ничего не стоит. В особенности к Вере.

Да, конечно, это страшная жертва для нее. Но она любит жертвы. Ищет. Ее маска требует от нее жертвы. Так она мне сказала.

Словом, вчера Вера согласилась. И сегодня мне объявила.

Там у них, у тридцати трех, большая мастерская, конечно, кроме частных, потому что есть между ними крупные и уже известные художники. Там они меня будут писать. Вера же сама меня сведет.

Но больше она ничего мне не сказала. Я и не спрашивала. Слушала это так тихо, как вода. Раз Вера мне так объяснила:

-- Мне кажется, что ты ручей и тихо переливаешься по мху, такому лощеному и, как малахит, под солнцем. Я помню в детстве где-то в лесу такой тихий, светлый ручей.

Я теперь отдаю Вере всю свою волю. Мне от этого всего лучше.

И она такая великолепная и все знает.

7 февраля.

Бедная Вера, на нее все напасти вместе. Она медлит. Не решается. Конечно, кто так любит, тому трудно отдать даже немножко от любимого! И вдруг еще неприятность.

Вчера приходил он -- мой бывший жених и ее бывший любовник. А сегодня мы узнали, что он застрелился. Вера поражена и говорит, что на ней его смерть.

А он приходил просить ее снова о любви, или... Хоть из жалости... И плакал. Он говорил ей, что хотел забыться мною... что она, Вера, роковая и я тоже, но как раз обратно роковая. Что-то есть во мне без милости, как и в ней, но обратно.

Я слышала все, потому что Вера забыла обо мне. Ее голос был глухой, почти шепот. "Нет, нет, нет..."

Как она страшно умеет повторять одно слово! Именно одно слово выходит у нее страшнее и неумолимее всего.

А он был ужасно искренен и беспомощен вчера. Впрочем, и раньше всегда. Я за то его любила. И с ним чувствовала себя доброй, сильной и большой.

Он такой хорошенький, круглолицый и розовенький. Но у него, при каждом моем взгляде на него, начинали биться веки по слишком ярким глазкам -- как бабочки.

Но вчера я немножко улыбалась, слушая из Вериной спальни его такие бессвязные смешные слова.

Он был всегда не совсем в себе. Верно, оттого бабушке и удалось его заманить. Они ведь все со мной забавлялись, но кто же из них решился бы жениться на девушке такого загадочного происхождения?

Он был смелый, он был настоящий, почти как Вера, хотя не умен, как она, и без таланта.

Но тогда мне казалось, что пришла моя пора испытать жизнь женщины...

Теперь же не ищу иной жизни, кроме этой. Вера дала мне больше, нежели я надеялась получить, и жду будущего без нетерпения...

10 февраля.

Третьего дня Вера сказала:

-- Я люблю твое тело, оттого что оно прекрасно. Но души твоей не знаю. Не знаю, есть ли душа. И не нужна она мне, потому что прекрасно твое тело.

Но все изменяется, и ты состаришься. Сначала лицо состарится. Дольше будет жить тело. Старое лицо будет издевательством над молодым телом. Потом завялое тело над ядущими желаниями.

Это как мертвый свет уже закатившегося солнца, который с высоких облаков отражается в воде... бессильный, обманный.

Не убить ли мне тебя, чтобы иметь навсегда себе одной?

И Вера становилась страшною.

Это мне не нравится.

Но из этих слов я поняла, что она решила день.

Она не могла уже дольше тянуть: наступал пост. А в посту меня ждала радость. Вера ехала в Париж с нашей труппой. Я увижу Париж. После Парижа мы едем в Америку. Слава Веры становится всемирной.

А я, я увижу мир. Это так радостно, так богато!

17 февраля.

И вот он настал и уже прошел, прервав тот ряд мучительных дней.

Вера не отступила от своего слова! Но день вчерашний

был днем жертвы для нее, и днем счастья тоже, и надежды, днем великим (все это она мне сказала ночью уже сегодня, когда мы пировали), потому что воистину искусству послужила моя бедная красота.

Как я кокетничала дома вчера утром! Я долго стояла перед зеркалом и примеряла один цвет за другим. Скалывала складки с учеными причудами. Вера сначала глядела, потом ушла, вдруг рассердившись и сказав:

-- Ты глупа и не понимаешь, что этого всего не нужно.

У нее было что-то на сердце, что она держала, не говорила...

Теперь-то знаю. И что же? Прошло, и больше не страшно! Но я по порядку. Сегодня будет запись длинная.

Сегодня волосы завились как-то безумно и вместе с тем легко и пышно. Лоб показался мне таким высоким, и матовая, тонкая кожа на нем. И так легко и нежно взносился над большими овалами метких ярких светло-серых глаз.

А рот складывался мягко и полно, улыбчиво и строго. И краски проступали яркие на ласковых губах и, как жар одержанный в тонком алавастре тлеющих углей, -- на матовых щеках.

Как скатывалась радостно и уже нежно линия плеч! И застыли мягкими двумя волнами зыбкие груди. И выгибалась покорно и стойко шея, нежная и сильная.

Тело было высоким и зыбким, как вскинувшийся, выгнувшийся тонкий вал.

Да, я водяная, водяная!..

Вот сбегала к ней за ее тетрадкой. Спишу, что обо мне. Она же мне сама читала вчера вечером после первого утра у них.

"Ее волосы -- пепел розовый и пышный на жертвеннике".

"Нежный лоб -- легкий свод над пещерами серых глаз. Страшны светлые воды! И тяжек и ярок меткий взор".

"Полон и мягок плод ее губ, но неумолима ласковая улыбка. И, как красный сок ободранного граната, пробежала кровь под тонкую кожу".

"Смерть и жизнь в пьяном соке розового плода ее

влажных губ. Фиал сокровенный моей безумной любви".

"Как подспудный жар в тонком алебастре тлеющих углей, просветилась кровь сквозь нежные лепестки ее щек".

"Радостно, уже нежа, склоняются склоны ее плеч".

"Покорно выгнулся и стойко зыбкий стебель ее шеи".

"Как гроздья золотого винограда и на них упавшие два лепестка бледно-алой розы -- ее молодые ровные груди, высоко подняты любовью, как к солнцу, вперед притянулись".

"Ее тело, бледное, солнцем пронизанное сердце чайной розы, и зыбкое, и сильное, как высокий вскинувшийся, выгнувшийся тонкий вал"...

Здесь я прерываю...

Даже устала, любуясь, прикалывая кудри и складки!

А ноги какие! Конечно, слишком худощавы, но это оттого, что у меня кости тонкие.

Вера мне так выходила ступни ног и пальцы, что каждый из них ожил, свободный и ласковый.

Никогда не кончила бы любоваться на себя, потому что вчера я смела. Сказала же мне Вера утром, еще в постели (эту ночь мы спали вместе, то есть -- я спала, она не спала и не плакала), сказала мне своим голосом:

-- Сегодня ты не такая, как была: такая, которая все старается чем-то сделаться, которая тоскует по чему-то несделанному, и меняется, и не может ни минутки отдохнуть, ни минутки отдохнуть, и так ведь и не придет, а все будет идти, все будет идти.

Этот поход без конца чувствует каждая кровинка твоего тела. Как неприятно, бестолково и безвыходно бьется твое сердце: стук, стук, стук! И все кругом ворочается кровь в бешеной суете... Сегодня ты будешь тихая, остановившаяся, без жадности, вечная, вечная на полотне. Не будет гореть и переливаться кровь и отсчитывать миги и миги... Станет один миг. Один миг отделится от других и станет весь-весь застывший, полный, свой, вечный.

Это и есть искусство.

В тридцати трех внимательных, видящих парах глаз ты

отразишься тридцатью тремя вечными, стойкими, полными мигами красоты...

Потом Вера вскочила и ходила долго молча по комнате вдруг ставшими твердыми и ритмичными, трагическими шагами, почти страшная и не смешная в своей длинной прозрачной рубашке.

Потом остановилась у окна и, обращаясь туда, где глубоко улица:

-- Это, это великое! Это, это, знаете, довольно великое, чтобы поверить в счастье, чтобы даже я, я, я поверила и забыла, что все изменяется.

Пусть она состарится: она будет тридцать три раза вечна в тридцати трех вечных мигах молодости. Это, это довольно великое, чтобы на всем свете, во все времена стоило жить всем людям!

Конечно, еще никогда не сливалась так Вера со своей маской, так, что каждое слово стало убедительным, как на сцене.

И я поверила.

Поэтому, конечно, я вдвойне покорилась, когда Вера, уже часам к одиннадцати утра (я одевалась уже с восьми), взволнованная до полной свирепости, вбежала в комнату, схватила меня за плечи, оторвала от зеркала, набросила длинную хламиду, укутала меня, отталкивая, вроде как месят ржаное тесто, -- потом свела с лестницы. Всунула в карету и повезла.

И повезла к ним, к тридцати трем живописцам. В их мастерскую.

Там я ничего не успела рассмотреть и не знаю, сколько их было в действительности.

Кто-то вел. Вера толкала. Кто-то снял хламиду, потом шаль, отстегнул броши на плечах...

Им -- я? Сердце рванулось назад.

Больше трех минут не помню.

Головой прямо в омут... Хитон упал. Запутался в ногах, когда я метнулась. Брызнули слезы. Стало на минутку мокро лицо. Кто-то вытер.

Я стояла высоко. Было то холодно, то огнем ожигало.

Но, когда ожигало, вдруг я увидела свое тело. И что оно бледное и матовое (не розовое, как обыкновенно у блондинок, а матовое с налетом очень бледной чайной розы), что оно краснело, то есть -- розовело позорно и уродливо.

Тогда гнев и гордость вдруг оковали меня всю. Я вытянулась, и тотчас члены налились жизнью, стали упругими и полными, сердце билось ровно, на губы едва легла чуть-чуть гордая улыбка, и вспыхнули серые глаза победою.

Я это знала. Я это знала. Видела. И никого не видела, и времени не видела, только себя знала затихшею, остановившейся, победною.

Должно быть, устала, потому что услышала голоса.

Кто-то прикасался. Снова толкали, одевали, вели к огню, садили у огня, и улыбалось кругом много лиц робко и благодарно, смущенно и счастливо...

Дома.

Что с Верой? Она блаженна. Она любит меня, как никогда. Она забросала всю мою комнату цветами. Она говорит, что у нее сердце, как большая птица в зените полета, что теперь она еще по-иному будет играть, потому что все-все ей открылось, все души, все блаженство, все корчи.

И поила меня шампанским. У нас был пир, как у любовников.

Как у любовников! Мне не нужно любовника. Никогда. Никогда. Вчера я святая стала. Вчера я поклялась Вере, и она, даже она, не смела целовать моей груди...

Отчего они не показали нам портрета? Боялись, что я не пойму всего подвига, всего значения не пойму? Глупые! Милые!

Ну все равно, увижу сегодня... А теперь закончу запись. Ведь уже пора собираться!

Не могла заснуть всю эту ночь. Боялась даже подурнеть. Но нет. Сегодня я даже еще лучше, еще прекраснее.

Я как жертва и как богиня! Так сказала Вера раз про тот первый вечер, когда увела меня из ложи.

Что же она со мною делает? Это лихорадка. Я сама не своя. Когда проснется, я ей скажу:

-- Вера, что ты со мною сделала?

Но если я такою стала высокою, значит, я к тому шла. Текла, сказала бы Вера.

10 марта.

Прошло больше трех недель.

Как это было?

Нужно дописать. Почему-то кажется, что нужно.

Вера не поехала в Париж и Америку. Нарушила все контракты.

Впрочем, она вправду больна. Почти помешана.

Да, вот как это было.

Я допишу, потому что такая была ее воля, когда она была в себе, -- этот дневник, эти отрывки из дневника. И мы читали друг другу. Она же тоже вела.

Еще три дня после первого дня мы ездили с нею в мастерскую. И я стояла.

На четвертый наконец они нам показали, и я увидела.

Я? Это я? Это я? Которую мы с ней любили?

Эта? Эта? Эта?..

Я перебегала от одного холста к другому по всей мастерской.

Со всех сторон, как сидели вокруг меня они, писавшие, я видела ту себя. Или я не знала себя сзади? Сбоку? В три четверти? В четверть? И прямо в лицо... тоже не знала?

Это другие.

Не наши.

Их. Их. Их.

Просто их. Не наша красота, не Верина.

Тридцать три урода. Тридцать три урода.

И все я. И все не я.

И я закричала и заругалась, как... жокей, как конюх.

Приблизилась к Вере. И в ее глазах, в них каким-то синим блеском зажглось отчаянье... (они такие невероятные, ее глаза) -- я увидела себя еще один раз.

Настоящую, единственную, себя, уже потерянную там, на

этих осуществивших меня холстах.

Вера, бледная, как голубоватый мех на воротнике ее шубы, вела меня к двери, молча.

И дома мы молчали.

И уже в тот вечер она не поехала в театр.

Я плакала тихонько, тихонько целуя ее руку с безжизненными пальцами. В ее глазах, больших, открытых, не было темного виноградного пурпура.

Ее глаза были, как погасшие светильни, тускло-черные.

Проходя рядом с нею мимо зеркала (это случилось в один из следующих за тем днем дней), я увидела, что она черная вся, вся тускло-черная: большие волосы без блеска, и брови ровные и сильные, и эти глаза, где уже я не могла отразиться в тусклой непроницаемости. А я с нею рядом показалась себе странно, неуместно, невозможно светлою, гибкою, и жизненною, и искрящеюся каждым завитком пепельных волос и блеском плачущих серых глаз.

Это было ужасно.

И Вера заметила и вдруг улыбнулась в то зеркало отражению моему, остановившись.

Я рыдала, обняв ее колени.

Но на следующее утро я потихоньку убежала от нее и поехала к ним.

Некоторые из них были там.

Они писали меня.

Я стояла одна, обнаженная, перед ними. Я же была их, их -- там, на полотне.

И еще смотрела.

И нашла, что мы с Верой были строги накануне и что кричала я и ругалась, как... проститутка.

И еще была. И еще смотрела много раз. И упивалась своим утешением, своим утешением.

Тридцать три урода были правдивы. Они были правдою. Они были жизнью. Острыми осколками жизни, острыми, цельными мигами. Такие -- женщины. У них любовники.

Каждый из этих тридцати трех (или сколько там было?) написал свою любовницу. Отлично! Я же привыкла к себе у них.

Тридцать три любовницы! Тридцать три любовницы! И все я, и все не я.

Изучала уродов подолгу: перед тем как стоять, после того как стояла.

Стояла для того, чтобы изучать. Это было так едко. Мне казалось -- я учусь жизни кусочками, отдельными кусочками. Осколками, но в каждом осколке весь его изгиб и вся его сила.

И стали уроды делиться. С каждым днем яснее. Половина стали любовницами и половина -- Царицами.

Каждый из тридцати трех создал свою любовницу или свою Царицу.

И стало мне забавно отсчитывать любовниц от Цариц. Но каждый день они путались снова, а когда уходила, и дома, лежа у себя на локтях, старалась я припомнить каждую себя, каждый свой осколочек там, -- путались личины мучительно, и я смеялась, как глупенькая, вскакивала и громко шептала:

-- Тридцать три любовницы. Тридцать три Царицы. Тридцать три любовницы. Тридцать три Царицы. И все я! И все я!

Шла к Вере, которая часто подолгу сидела на полу, обняв колени руками, и говорила ей:

-- Там все не я, потому что в тебе я вся. И больше нигде меня нет.

И становилось мне как-то неудобно. Искала себя и, потерянная, не ощущала. Ближе жалась к Вере. Окручивала ее несгибающуюся теперь шею своими руками. Глядела, заглядывала в глаза. Искала. И было непривычно больно и неудобно в груди. Верины глаза уже не отражали меня.

Не отражают.

Я плакала. Потом становилась злою. Глядела с ненавистью на Веру. И, с очень злою радостью, сбегала с нашей высоты, по бесконечной лестнице, на улицу, где все мелькало и дробилось, и туда ехала, к ним...

***

Я себе у них понравилась. Они просили меня еще отдельно к одному из основателей их общества "Тридцати трех".

Это тот с лысеющей большой головой и прыгающими детскими глазами. Он живет в Париже и едет потом в Америку выставлять.

Я сговариваюсь с ним через одного его ученика здесь -- моего любовника. И думаю, что соглашусь немного попозднее.

;Я увижу Париж и Америку и настолько буду богаче жизнью.

Милая, бедная Вера! Она в каком-то забытьи живет и движется. Читает роли себе вполголоса, без выражения, бормоча невнятно. И лицо -- как земля стало... Она не знает, что я выхожу. Не видит меня.

А может быть -- видит? И уже ей все равно?

Сижу, держу ее руку. Целую хрупкие пальцы, трудно сгибающиеся, как у мертвой. Целую...

Но она не улыбается. И уже в ее глазах меня нет.

Не отражает.

Бедная Вера! Она мне сказала вчера:

-- Конечно, ты права.

И так тихо, не по-своему, улыбнулась.

Потом так медленно и непонятно прибавила, расставляя слова и, казалось мне, после каждого слова умирая, умирая:

-- Это я так хотела.

Значит, после тех ее слов страшным голосом, тех о том, что должна отдать, -- я без пользы молилась Царице о спасении?

***

Вера говорит, что никуда не двинется, что ей хорошо. Что очень ей так хорошо -- доживать. Уеду ли я или останусь? Это все равно. Я там где-то в ней. Тот вечный миг в ней.

Но она все это говорит покорно, без крика того, от

которого они там, в театре, все... дичают, забываясь. И эта покорность неприятна мне. Непривычна.

Правда, я хотела все записать, но я не могу: мне жалко Веру, и я ничего не понимаю.

Как быть?

Отказаться от того?

Но ведь это безумно. То есть Верино отчаянье безумно.

Апрель.

Вера отравилась.

Что сделать мне? Как убить себя? Или не убить?

Может быть, привыкну и к этому?

Вера боялась привычки и измены.

Но вот, когда так сидела часами возле нее, то начинало что-то со мною делаться. Это как бы ее мысли, которых она уже не думает больше, в меня переходили, и такими круглыми, полными, и совсем без спора.

Думала: "Разве это теплое, хрупкое мое дыхание, которым пью жизнь и которое вот сейчас, вот сейчас прервется и ни в чем ведь невиновно, так оно невольно и так непрочно, разве уже не привычка каждым вздохом и не измена каждым выдыханием?"

И я состарюсь.

Вера уже состарилась за эти два месяца муки.

***

Люди все говорят, что Вера всегда была помешана. Они теперь навещают нас и распоряжаются. Оказалось, есть какие-то родные.

Они хоронят...

Мне нужно уходить.

Да и я тоже думаю -- даже, что все, кто настоящий... и не привыкает, и требует...

***

Вера была трагична. То есть она жила в стихии

трагического. Так еще она раз записала про себя. (Ах, я не усмотрела, как она сожгла свои записки!)

Запишу, как выписала тогда у нее, потому что очень тогда показалось подходящим.

"В каждой стихии могут жить только те существа, которые приспособлены ее вдыхать и претворять в себе. Я тоже думаю так.

Так и трагическое".

У Веры еще сказано:

"Кто может продохнуть через себя трагедию, тот -- спасенный -- ее герой и усмиритель".

***

Вот переписала еще раз ее слова, а теперь какие-то свои хотят сказаться. Я их пишу сквозь слезы.

Жизнь хрупкая и переливчатая, как тот ручей Верин, как их ласки, как мое сладострастие, -- она настоящая, и ее Вера не хотела принять.

Чорт
-- *Посвящается Константину Андреевичу Сомову*

I

БУНТ

Рядом с мамочкой у ее киота под образами я сказала молитвы, как всегда, когда она забегала проститься и благословить.

Сначала:

"Господи, помилуй и сохрани маму, папу, дедушку, бабушку, тетей, дядей, братцев, сестриц (это двоюродных), потом по имени родных братьев и сестру и всех людей, и помоги мне быть умницей".

Потом "Отче наш", "Богородицу".

Не думалось о молитве, и потому сердце билось как-то неприятно.

Мама благословила торопливо. Старшие ждали ее ехать на тройке. Поцеловала не как иногда, а спешно и, как молодая, убежала. А я легла. И все стало далеким и невероятным: Бог и мама.

Спать не хочется, оттого что сделалось вдруг скучно. Верно, оттого, что плохо молилась. Встаю на колени в постели. Нет, так лениво: нужно на пол к киоту.

Страшно.

Едва дрожит огонек в лампадке. Тени трепещутся. Ступаю, вздрагивая, по паркету. Опускаюсь. Молюсь.

Там, в далеких комнатах, шум, суета, сборы.

Опять:

"Господи, помилуй и сохрани маму, папу, дедушку, бабушку" и т. д.

Нет... перестала думать, уже с дедушки.

Опять:

"Дедушку, бабушку... бабушку, бабушку... тетей..."

Каких? Я тетю Клавдию не люблю. Она нечестная. Все равно:

"И остави нам долги наши, яко же и мы оставляем должником... оставляем должником нашим".

Это значит, простить. Она маме на меня жалуется, а мне представляется... и она ни меня, ни мамы не любит...

Дурные мысли. Начинаю дрожать. Холодно и шуршит где-то.

О, какая противная M-lle Мохова! Вчера Буркович написала на записочке:

"У M-lle Моховой козявка в носу!"

Противно. У меня лежала бумажка, когда M-lle Мохова подошла. Я сказала на себя. Все девочки меня считали героем. M-lle Мохова дала на два часа переписки. Таня дожидалась в школьной передней и, злая, повела меня домой. Ей дала Мохова записку к маме, с жалобой. Дома мама тотчас послала спать без игры с Володей и не простившись.

Буркович плакала вчера весь первый урок лицом в стол. Сидели рядом. Когда она подняла голову, на столе была лужа от носа и глаз. Рыжеватое лицо было красно пятнами, распухли глаза с тяжелыми веками без ресниц. Я ее утешала, целовала насильно, оттого что все ненавидели ее за грязность, и мне тошнило, но хотелось всем назло.

"Но избави меня от лукавого..."

Как же я оказалась здесь?., а что раньше? Думала или не думала?

Завтра рано в школу на весь день, опять до восьми вечера. Скучно.

"Отче наш..."

По коридору проносятся шаги. Сестра вбегает в комнату. Я уже в кровати, и замолкла. Сестра забыла что-то... или маме? Вот нашла вполупотьмах ощупью и убегает к светящейся двери...

На тройках весело. Им весело, большим, и их -- мама. А я одна встану завтра в семь часов, когда позовет шепотом Таня, чтобы не будить сестру, и поведет прочь... в далекую учебную, где умывальник мой, где прежде, до этой гадкой школы, брала уроки с Анной Ивановной, раньше с Анной Александровной, и еще раньше Катериной Петровной, и еще...

Все они не хотели больше учить меня. Одна за другою отказывались, потому что я представлялась и дразнилась.

"Господи, сохрани и помилуй маму, папу..."

Нужно все-таки домолиться.

Папу люблю ли? Папы никогда почти нет дома... я его боюсь и не люблю его запах. Маму люблю.

Вот miss Maud на коридоре. Я ее так рассердила сегодня, когда раздевалась, а она торопила, что она расплакалась. Англичанки редко плачут и очень терпеливы. Даже Анна Александровна, когда за рисованием я нарочно вела кривую линию, вздыхала:

"Нет, с нею нужно английское терпение".

Хотя Володя и уверяет, что она говорила ангельское. Но я не уверена. Володя на два года моложе меня. Как он может лучше меня знать? И во всяком случае...

Вот опять ее шаги, и бренчит ключами. Она убирала чай и печенье. Зимой она хозяйничает, с тех пор, как я в щколе пансионеркой... Она ненавидит хозяйство, и зимой всегда злая. Слава Богу, что летом Эмма Яковлевна -- экономка.

-- Miss Maud! I'll be good! Miss Maud! Miss Maud! I'll be good! I'll be good! I'll be good!

Я же, правда, хочу быть умницей. Она не верит и не отвечает. Когда я обещаюсь, мне никто не отвечает, потому что никто не верит.

"Помоги мне быть умницей!"

И вдруг я молюсь горячо, и Бог меня слышит.

Если бы только дома. Если бы не в школе. Эта школа глупая, скучная...

Шаги miss Maud.

-- Miss Maud! Miss Maud! Good night! Good night!!!

Молчит. Ближе...

Кричу громче и с завыванием:

-- Miss Maud! Good night! Good night! I'll be good.

Шаги шмыгают мимо, и слышу, как miss Maud фыркает носом сердито.

Тогда уже изо всех сил и басом, и со взрыдом:

— Miss Maud! Miss Maud! I'll be good! I'll be good!

Не верит. Не верит. И, конечно, я не буду умницей. Это совершенно невозможно. Для меня это невозможно. Лучше умереть. Мне хочется выскочить в коридор и укусить старую краснощекую англичанку.

Весь дом в тишине. Конечно, все же уехали. А miss Maud пойдет спать, пока они не вернутся. Тогда опять все будут в столовой чай пить... Потом они лягут, а я буду скоро уже вставать в школу. И весь день в школе, а вечером спать.

И снова. И снова.

Отчего мама не знает, как я ненавижу школу? И зачем было молиться, если все равно ничего не помогло?

Я подняла голову и увидела лампаду. Она погасала: меркла и вздрагивала, тогда выскакивал огонек красным язычком, красным язычком, и тух, и снова язычком выскакивал. И я высунула язык туда, к киоту и, закричав, забилась, рыдая, одна в своей постели.

* * *

В длинной, узкой комнате по стенам два ряда выдвижных ящиков. У каждого ящика ключ, и у каждой полупансионерки свой ключ.

Стою на коленках у своего ящика и плачу потихоньку... Так каждое утро.

Полупансионерки приходят раньше других. Повторяют уроки. Молятся отдельно.

Я бы лучше хотела быть приходящей. Они свободны. Они придут и уйдут, и у них свой завтрак в корзиночках. И дома им весело. А мы с утра и до ночи. А дома только спать. Придешь, ляжешь одна, и еще не всегда мама дома, чтобы проститься...

Еще темно в длинной, узкой комнате. Горят лампы. На улице шел дождь вместо снега, и было холодно и скучно только что.

Как я озябла, просырела как-то! И слезы капают, как капли колкого дождя, и сердце, как комочек, как комочек прозябший, притиснулось в груди.

Входит она, Мохова. И ласково, забыв про ту записку, потому что она очень рассеянная:

-- Что ты плачешь?

-- Я... у меня нога болит.

-- Нога?

-- Колено.

-- Ушиблась?

-- Да, о нижний ящик.

Я же не могу сказать, что плачу оттого, что ненавижу школу. Мне неловко как-то сказать, и я рада, что умею лгать... и удивляюсь, зачем так вдруг, само собой, солгала.

Большой рекреационный зал пуст. На эстраде, которая там для чего-то, стиснутые ряды стульев. Забралась между ними, грызу одну из спинок зубами и гляжу своими дальнозоркими, острыми глазами через всю бесконечную длину пустой комнаты. Там, на той стене, круглые часы, и стрелка медленно ползет по циферблату. Слежу неприятно зоркими, болезненно зоркими глазами за нею, как она спадает, спадает жесткими толчками, от минуточки к минуточке. Разве так двигаются стрелки? Я думала, что минуточки все вместе.

И размышляю:

-- Откуда пыль: от спинки стула или накопилась на моих нечищеных шершавых зубах?

* * *

Шульц! Шульц!

Она сидит справа через узкий проход между партами в одной линии со мной. У нее белое с розовым личико, желтые волоски и голубая гребеночка. На ней надет розовый передничек. И он приколот мысиком на узкой грудке. Она аккуратная, она немочка, дочь булочника Шульца.

Я представилась, что очень ее люблю. Ведь она всем не нравится, оттого что она дочь булочника Шульца, который в рекреацию присылает нам продавать свои булки.

Буркович говорит, что у Шульц вши в голове. Но это она из зависти, оттого что я подарила Шульц свою старую трубку для мыльных пузырей. Буркович я сказала, что купила трубку нарочно в игрушечном магазине.

Я люблю лгать. Все больше и больше. Это как-то заманчиво, и никогда не знаешь, к чему приведет и что из всего выйдет.

Шульц вышла первая в перемену. Следующий урок -- немецкие переводы.

Вот ее тетрадка. Глазированной синей бумаги. Она раскрыта. В ней голубой листок пропускной бумаги, к белой ленточке прикреплен большим букетиком незабудок. Мои глаза пристали к голубому букетику на голубом листке.

Не двигалась. Буркович тащила меня за рукав, но я рассердилась.

-- Не пойду.

-- С кем же я?.. Они все вместе. Я одна.

-- Значит -- заслужила.

Буркович злится и уходит.

Встаю. Гляжу кругом. Класс пуст. Хватаю тетрадку с незабудками. Из стола вырываю свой толстый брульон. Сую туда тетрадь из глазированной синей бумаги и бегу стремглав из класса, длинным коридором, потом через всю рекреационную залу. Ныряю между парами, тройками, четверками-нежно сплетшихся подруг, туда бегу -- в ту длинную комнату с выдвижными ящиками, и в своем -- заключаю пленницу с букетиком из незабудок.

Все собрались на урок немецкого перевода. И Шульц роется в своем столе, и краснеет, пыжится и уже плачет. Я присаживаюсь к ней, и обе мы перебираем ее чистенькие тетрадки и крепкие незапятнанные книжки.

-- Вот она. Вот она!

-- Да нэт, нэт! Это нэ та. Я ее оставила на столе. Она была готова...

-- Не может быть: ты забыла ее дома! Смотри, смотри, там глубже справа что-то.

Входит учитель, и Шульц, рыдая, садится на место...

-- Вы принесете тетрадку к следующему уроку. Если не найдется старой, то переведите мне двенадцать последних параграфов в новую тетрадь.

Дома в тот вечер мама не пришла молиться. Она уехала на обед. И я не видела ее в тот день.

На следующее утро в школе я вынула из своего ящика синюю глазированную тетрадь, и раздирала ее долго по страничкам.

Как четко и ровно писала умница Шульц! Буковка к буковке. Я разрывала на клочки чистенькие, гладкие странички. Голубой бювар с его ленточкой и картинкой я сохранила и через неделю уже прикрепила к своему чистописанию.

Шульц видела его. Шульц, глядя на меня пугливыми, совсем изумившимися глазами, бормотала:

-- Это мое... это мой клакспапир. Это из моей тэтрадки... Как так...

-- Отец твой запек на нем безе!

Мой голос громкий на весь класс и мой взгляд дерзко гордый поразил Шульц. Она молчит. Она даже верит чуду двойника в моей тетрадке.

А класс хохочет:

-- Шульц, принеси нам пирожков из своей тетрадки. Шульц, Шульц.

-- Шульц, ты меня обидела. Подари мне голубой гребешок!

Говорю резко и громче всех криков.

Шульц испуганно выпутывает из желтых, напомаженных волос круглый гребешок. Беру его, и ломаю на кусочки. Швыряю далеко.

* * *

Сегодня воскресенье, и наконец могу играть с Володей в его детской. Но не до обедни.

Слоняюсь из угла в угол по коридору. В учебной играю со своим Бобиком, желтой канарейкой с вывихнутой лапкой. Она прыгает мне на голову, на палец, клюет из губ сухарь...

В церкви мама всегда плачет. В церкви всегда болит спина и приходится все время вымаливать у Бога прощение за то, что не молюсь и так и не успеваю помолиться. Когда выходит священник и после "С миром изыдем" говорит "О имени Господни" и читает по книжечке -- я принимаюсь спешно и испуганно нагонять потраченное время... но и тут...

Из церкви идем печальные все, потому что печальна мамочка. Мамочка живет для нас. Но у мамочки горе. Это мы знаем.

Скучен пирог, потому что у мамочки глаза заплаканы и она улыбается пугливо.

Отца сегодня и за столом нет, потому за столом очень тихо и вяло, и мне не на что удивляться.

И, наконец, завтрак окончен и мы с братом в его детской.

Большой, клеенкой обтянутый стол подтащен к стене узким концом. Это еще только козлы и вместе с тем наш походный дом,-- мой кучерской и Володин кондукторский. Настоящий экипаж за стеной. Там за стеной целый вагон, где помещаются много десятков людей. Я их не вижу, конечно, но с ними часто приходится воевать кондуктору. Тогда он садится носом в самую стену и изображает жестами и словами очень взволнованные сцены. Ему трудно, конечно, в течение столь долгого пути во много недель, справляться с почти целым народом, который мы перевозим на этих двадцати лошадях. Но так как он характера вообще прочного, то всегда снова хочет быть кондуктором.

Лошади-стулья все повернуты спинками-головами вперед, все хитро припряжены к ножкам стола, и в моих руках целый пук веревок-вожжей, искусно продернутых, и толстый извощичий кнут с длинной бечевкой, привязанной к концу ремня.

Володя в желтом коленкоровом фраке и с коптящим и краской воняющим фонариком на груди.

Эта игра счастливая. Вся душа уходит в нее.

Сколько ужасов приключается по диким горным дорогам, где приходится иногда переплывать через потоки, подостлав доски под дом и пустив лошадей вброд! Или по нескольку дней проезжаешь под землей на бездонных глубинах горных туннелей. Или столкновения с дикими. Или разрушенный бурями путь... Или болезнь и смерть лошадей, или бунт пассажиров и суд, или...

День близится к вечеру. Смеркается. Скоро, скоро позовут одеваться к обеду...

По воскресеньям мы все обедаем внизу у дедушки. Это уже другое, но всегда неизменное, как и тот экипаж, перевозящий целый народ.

У дедушки мы -- школа. Володя мальчик, я девочка, но я царица. Я такая девочка, что все мальчики признали меня самой смелой и самой прекрасной из них всех, и я их царица. Володя Чарли. Я Люси. Дедушка -- старый генерал, приглашающий школу.

У дедушки вкусный обед, потому что кроме четвертого сладкого блюда подается иногда и на второе -- сладкое блюдо. Что-то мягкое с сабайоном.

Мы дети, мы школа, сидим в самом низу стола. Недалеко от нас противный двоюродный брат, сын тети Клавдии. Он меня ненавидит и следит, чем бы раздразнить.

Это собственно не двоюродный брат, а учитель из другой школы, наших врагов, которую мы презираем. Я сообщаю Володе,-- он мне всегда верит и покоряется,-- что нашего товарища Джека наказал директор мистер Чарли и посадил его в комнату с костями. Это карцер нашей школы. (Конечно, моя учебная). Там в стенах замурованы человеческие кости. Но посреди рассказа я привскакиваю и объявляю Володе, что несносный шалун Эндрю опять залез под стол и щиплет меня за ногу.

-- Отчего ты прыгаешь, егоза? Это тебе miss Maud подложила под юбку булавку в наказание за капризы? -- дразнит двоюродный брат.

-- Ее и нет. Она всегда в церкви своей по воскресеньям.

-- После церкви ты нашалила, и она тебя наказала.

-- После церкви она в своих гостях. А ты дурак.

Двоюродный брат краснеет и, растерянный дерзостью, молчит. Только бормочет:

-- Погоди.

Мы отказываемся от ненужного жаркого и ожидаем четвертого. Я рассказываю Чарли про Люси -- себя, что она и Джералд взяли первый приз на гонке на одной ноге с половиной.

-- Все бежали на полторе ноге?

-- Ну да, потому что все дети были связаны попарно за ногу, так что и выходит, что у каждой пары три ноги. А если три разделить пополам, сколько будет? А? Или тебя еще про полторы не учил Иван Иванович?

И снова Эндрю под столом. И я воплю и вскакиваю.

-- Ага, вот ты как себя ведешь! Тетя! тетя!

И через шум ровно гудящих голосов всех моих тетей и дядей, разместившихся там по старшинству за передней частью стола, где дедушка добренький, и чинная бабушка,-- мой враг, затаивший месть, зовет маму, мою маму, и все смолкает. Сижу, красная, в безумном ужасе.

-- Тетя, нужно Веру прогнать. Она шалит и скачет!

Маме стыдно, она тоже краснеет.

-- Вера, что же это?

Молчу.

-- Ты что?

-- Под столом мальчик! -- плача кричит Володя.

-- Вот вздор. Это все ее глупые игры,-- объявляет враг. -- Она от них свихнулась. У нее всюду мальчики.

Сестрицы и братцы (двоюродные) смеются веселыми взрывами.

-- Вера, выйди из-за стола.

-- Что там? -- слабым голосом в общем взволнованном гаме спрашивает дедушка.

-- Опять Вера нашалила. Мамочку огорчает,-- объявляет строго бабушка.

-- Ай-ай-ай, Верочка! Поди сюда.

Все смотрят на меня, и не могу двинуться. В ужасе Володя толкает меня.

-- Иди к дедушке.

О, я пошла бы всюду за дедушкой! Дедушка сам каждое воскресенье, когда мы прощаемся, встает и, опираясь о древнюю палочку с рукояткой из слоновой кости и пристукивая мягким резиновым наконечником о паркет, ведет нас с Володей через всю длинную залу в свой кабинет, где крытый стеклянный балкончик -- брюшком над улицей. Там дедушка каждое воскресенье из какого-то ящика на полу вынимает два круглых шоколадных пряника с большими квадратными цукатами на донышках и подает нам по очереди.

-- Вот вам двоим. Берегите вашу маму.

И трясся старенький мягкий голос, и тряслась милая седая голова с небольшим круглым морщинистым личиком...

Я всегда рада идти за дедушкой, и это даже не из-за пряника, а оттого, что он так дает пряник. Он такой добренький.

Но теперь-то, теперь!.. Как сдвинусь с места, когда сощурил на меня ликующие глаза враг? И как пройти по всей столовой, вдоль длинного ряда тетей, дядей, братцев и сестриц? И все, все смотрят, и многие смеются, и все думают одно:

"Она опять огорчает мать".

Стою.

Дедушка как-то растерялся. Повторяет свой зов.

Стою.

Глаза мои швыряются от одного лица к другому, и зубы скалятся. Вдруг чувствую свое лицо и в то же время голос, чужой голос мамы:

-- Федя, выведи ее.

И Федя -- враг хватает меня за плечи и ведет.

Иду, как во сне, как во власти не своей.

Вот передняя. Еще ведет и что-то хихикает. Иду без сопротивления.

Вот темный коридор, и в темноте просыпаюсь.

Взвываю дико и вдруг, изворачиваясь, бросаюсь на него. Вцепляюсь в его колени. Носками башмаков и кулаками бьюсь по его телу. Носками норовлю по кости его ног, кулаками в живот.

И бьюсь, как неистовая, зубами вонзаюсь в его

защищающиеся руки.

Он кричит на помощь. Кто-то здесь еще. Кажется, старый дедушкин лакей.

Вместе вталкивают меня куда-то.

И темно.

Это тот чулан, где сложен хлам. Там, по нашей игре, живет чорт, и когда мы в том коридоре после обеда играем в лошадки, то мимо чулана с чортом мчимся всегда вскачь. Кучер вопит, а лошадь ржет во всю мочь.

Но теперь мне все равно. Сижу на полу, как они меня бросили и не плачу. Гляжу в одну из щелок. Кажется, не мигаю. В щелках свет слабый.

Что мне за дело до света и до темноты? Все кончилось, все кончилось! И я умру. Дедушку, дедушку я обидела. Мамочку опозорила. И никогда мне не могут простить. И не должны прощать. Я же знала, всегда знала, что моя судьба умереть так, в этом чулане с хламом; оттого боялась и ржала диким тонким голосом, скача мимо.

Ясно, что я должна умереть, потому что совершенно ясно, что я никогда не могу исправиться и… если подумать вот так, вот так, сжав губы, насупив лоб и не моргая, прямо глядя в щель, так подумать до конца, то узнаешь, что и не к чему исправляться.

Да я и не хочу исправляться. А я хочу все наоборот. Чтобы, если кто очень чистенько одет и гладко причесан, то его ободрать и растрепать. А если кто слабенький, то ему чтобы больно, и больнее, и еще больнее, чтобы пищал, и даже до смерти: это как крысу раз в кладовой давили… И чтобы из грязных башмаков торчали чулки. Это как я прошлой осенью с пруда возвращалась.

А теперь хочется побежать в столовую тихонько, шмыгнуть под стол и потянуть скатерть, да с такой большой силой, чтобы все тарелки, стаканы, бутылки и вилки полетели на пол и все бы закричали, и мамочка заплакала бы, а бабушка стала бы грозиться пальцем не зная кому, а дедушка… Дедушку мне жалко, но дедушка меня не защитил… Да, а потом я бы из-под стола выскочила и что есть мочи ударилась бы об стену.

Как Самсон.

Стена бы покачнулась, закачалась и провалилась бы на улицу, а потолок бы упал, и все бы закричали и побежали, а Федю бы убило. А я бы дедушку спасла, меня бы Бог простил.

Если задержать долго дыхание -- умрешь.

Кто это смеется? Или что это? В темноте тихий скрип. Мне вдруг страшно. Это привидение. Или это чорт, который тут живет?

Если задержать долго дыхание -- умру, и больше не буду слышать этого противного скрипа.

Но если умереть здесь, то уже прямо к чорту и пойдешь.

А если убежать? Ведь не запер же Федя дверь. Не посмел. Попробовать? Отчего тут сидеть, как наказанной.

Позор. Позор. Как выйти теперь ко всем? Я совсем не могу теперь, чтоб меня они увидели. Как убежать, чтобы никто не увидел?

Толкаю тихонько дверь. Поддается. Высовываю голову. В коридоре теперь после чулана кажется светло.

И свет страшнее темноты. Это-то уже теперь знаю ясно. И притягиваю дверь. В чулане скрипит чорт, но мне любо. Любо оттого, что темно. И чорта нисколько не стыдно. Чорт сам все такое делает, как и я. И чорта тоже Бог прогнал вроде как из-за стола. И мы с ним, значит, товарищи. Оба не хотим быть хорошими, и оба прогнаны.

И не страшно...

* * *

С Нового года я уже не ходила в школу полупансионеркой, а ходила приходящей. Дома же появилась Александра Ивановна. Это была новая воспитательница. Она поселилась в комнате, прилегающей к учебной. Учебная, где отчаялись столько моих учительниц, снова ожила. В ней я проводила дни по возвращении из школы и до часа сна, когда, умывшись за своей ширмочкой, где стоял мой умывальник, я бежала в капотике в спальню сестры и ждала на молитву маму. Все-таки в школе дело не пошло. Я почуяла слишком много свободы и злоупотребляла ею. Шалости в классе выводили из себя классную даму и учителей. А к весне я совершила преступление и была выгнана: купила у Шульца булку и подарила ее одной из пансионерок, всегда голодной; маленькой Соне Смирновой. Но булки были строго воспрещены пансионеркам. Соня попалась и выдала меня. Мой поступок был принят за открытый бунт, и на уроке танцев, собиравшем все классы в большом рекреационном зале, меня вызвала начальница и предо всей школой прочитала выговор. Домой послали записочку, в которой было сказано, что я словесно покаюсь в преступлении. Но покаяться я не захотела и вместо того нагрубила самой маме.

Мама секла меня розгой и плача приговаривала:

-- Сегодня не больно, а стыдно. В другой раз будет и стыдно и больно. И стыдно и больно...

Этого я не забывала... долго...

На следующий день мама съездила к начальнице, и после того уже в школу меня не посылали. И жизнь моя как будто посветлела.

Мне интересно было с Александрой Ивановной. Она была высокая и плоская, и очень серьезная. Как будто что-то знала важное и грустно умалчивала. Что это было? Со мною обращалась серьезно, солидно, иногда чуть-чуть насмешливо... Но пока терпела и это. Приглядывалась. Много училась по-немецки. Александра Ивановна родилась и выросла в немецких провинциях, хотя была русская.

Учебная была отделена от остального дома темной шкафной и темным коридором с тараканами. До нее не доходило звука из той части семейной квартиры. Окна ее глядели во двор. Как раз напротив ей соответствовали окна кухни и людских. В ней висела клетка с Бобиком, который прыгал целый день на свободе, садился мне на тетрадь и клевал мое перо; стояла в углу ширма, скрывавшая мой умывальник, шкаф с книгами и банками наверху для химических опытов. Стол мой учебный, залитый чернилами, изрезанный по дереву и обтянутый потрескавшейся зеленой клеенкой, кушетка у стены, на ней возле овального лакированного столика сидела или лежала Александра Ивановна, пока я готовила ей уроки на следующее утро.

У Александры Ивановны было некрасивое, большое лицо с выпуклыми, выцветшими, печальными глазами без ресниц. На ее широких щеках, в ямочках кожи, ютилась зачем-то пудра, а в гладких каштановых волосах перхоть. Перхоть падала на клеенку стола, и я ее всегда замечала, тосковала, и меня тихонько тошнило. Я была несносно брезглива.

Уроки тянулись с девяти до часу. В перемены, в шкафной я играла в мячики. Это была школа. Они были всех возрастов и классов. В час завтракали, приютившись рядом в самом низу стола, и отправлялись на гимнастику. Я шла быстро, и как-то невольно и равномерно подталкивая Александру Ивановну справа налево, туда -- к стенам домов, назад -- к краю мостовой. Она с легкой насмешкой выговаривала мне. Вообще я не могла разобрать, уважает она меня или презирает. Любит, или холодна ко мне.

По вечерам, приготовив уроки, я присоединялась к ее одинокой прогулке из одного угла учебной в другой, снова и обратно, притискивалась грудью к ее острому локтю и, спрашивая, вскидывала вверх жадные глаза:

-- Sie lieben mich?

Она отвечала, таинственно улыбнувшись:

-- Von Herzen...

И прибавляла:

-- Mit Schmerzen.

Я кричала:

-- Довольно.

И сердце мое билось глупым, шумным счастьем. Но слова падали дальше четко, чуть-чуть насмешливо:

-- Klein wenig...

Я поднимала вой, чтобы заглушить конец. Но неизменно слышала:

-- Und garnicht.

И все умолкало в комнате. И не знала я, правда ли или неправда была в ответе. Но сердце падало и падало. Отпуская руку, и очень тихая, шла умываться. Ведь был уже тогда обыкновенно час сна.

После обеда мне давали полчаса играть с Володей. Но в полчаса мы едва успевали запрячь лошадей, и уже появлялась высокая, плоская фигура Александры Ивановны в дверях, завернутая плотно в могеровый из блестящих петель платок. И звала молча.

А там, в далеких комнатах, гостиных и спальнях, сплеталась жизнь старших. Сестра в первый год выезжала. Дом наш принадлежал дедушке и был населен семейными. Прислуга убирала комнаты, подавала угощения, раздевала и одевала в передней частых гостей. Там смеялись и что-то все затевали: то спектакли, то живые картины, то вечер танцевальный, то катание с гор на тройках. И шили на бедных, и где-то, когда-то давали уроки бедным. Мама плакала по воскресеньям и жила для семьи по будням, стараясь быть молодой. Отец то редко, то постоянно бывал дома. То молчал днями, то говорил много, взволнованно и все рассказывая неуютное, страшное и непонятное о каких-то важных и чужих людях с большою властью, и которых какие-то голохвосты не любят, но которые и честны и храбры... Я ничего не понимала и только чему-то удивлялась. Но любила слышать бойкий голос отца, потому что тогда становилось весело, и иногда отец был ласков и глядел на меня с любовью. Когда я прощалась с ним после обеда, чтобы не беспокоить позже, он прижимал мое лицо к длинной, мягкой, шелковистой бороде и бормотал в напев надо мною слова благословения, крестя быстро тонкою, красивой рукой мое темя.

* * *

Летом в деревне было больше свободы. Утром надо было встать раньше, покормить, напоить всех моих многих зверей и почистить их жилища. Потом, конечно, уроки с Александрой Ивановной до обеда. После обеда крокет, потом, после молока и ягод, игры с Володей.

Летом мы снова то Чарли и Люси, то те два рабочих, Джек и Боб. Работы много. Нужно пахать и боронить, терпеливо часами волоча по аллее лопатку или граблю за собою вместо сохи и бороны. Нужно вертеть колесо на фабрике. Лошадь вертится на веревке вокруг дерева, а работник сидит на ветке и погоняет. Нужно было со сворами ходить на охоту за дикими зверями. И сколько тут случалось приключений! Володя покорно принимал все, что я в водовороте фантазий навязывала ему. Он же был моложе и безвольнее, и тоскливого нрава, и также бунтовал, но с безнадежностью и мрачно. Игры наши были часто дики и жестоки, и мы кричали дикими и жестокими голосами в роще, так что однажды уехавшие от управляющего гости вернулись в его контору, чтобы предупредить его, что в господском парке кого-то режут.

Но в это лето началось еще новое, что сначала очень удивило и заняло нас.

Мы поняли как-то вместе, что в этой устроенной, ясной, чистой жизни, где мы гуляли как бы по лужочку на веревочке, что в ней есть что-то от нас скрываемое и что это скрываемое было не только что вне нас, но и в нас самих. Я думаю, что и Володя так понял, не только я. Потому что в нем проснулось большое и жгучее любопытство. Я же, поняв, приняла понятое как еще игру, новую, заманчивую и недобрую, и душою игры была загадка, и загадка была я сама, и власть была моя приоткрывать и снова занавешивать мучительную, остро-жгучую тайну. В этой новой игре злая власть казалась моею. И когда мы вдруг оба погрузились в свою жизнь понявших и потому вечно дальше ищущих,-- то все стало мне совсем иным, чем было раньше. Уже новая игра превратилась в муку, но в ту муку мы оба втягивались не нашею силой.

Большое презрение к большим, лгавшим мне людям отравило мне тогда сердце, и отошла последняя близость и, казалось, потухла любовь.

Володя из товарища превратился в тайного сообщника. Мы должны были, зная свою тайну, скрывать ее. Это страшно сближало, и мы ненавидели друг друга за то страшное и уже непоправимое сближение. Это было как одно лицо никому не видимое, только нам одним. Оно глядело -- и мы не могли оторвать глаз; и как могли мы отгадать, от добра или от зла оно?

Спутанные, смущенные, отравленные и злые,-- мы долго не отрывались от тех глаз своей загадки, и вдруг понимали, что в нас те глаза и мы та загадка. Тогда мы искали в себе разрешение и, жалкие, ненавидели: Володя с жадным бессилием, я со злым торжеством.

Началась новая игра у дедушки под весну в какой-то воскресный вечер.

Вместо одной из тетушек, куда-то, зачем-то переехавшей, под квартирой дедушки поселился генерал Попов. Когда мы бегали в дикие лошади или скакали в цирк через веревки по коридору мимо чортова чулана, генерал Попов присылал лакея с покорнейшей просьбой не топотать над его головой.

Потопотав изо всех сил и всей злости на прощание, мы с Володей в тот вечер проскользнули на парадную лестницу, вбежали наверх в свой этаж и позвонили. Открыла судомойка, одна оставленная стеречь дом, и ушла к себе на кухню, далеко...

В детской Володиной было тихо и странно. Тикали часы, шуршало в углах и за стеной, пусто и просторно звучали наши голоса и колотилось в груди сердце...

Строили мы свой поезд, запрягали лошадей. Смеялись громко и ненужно, бранились не вправду, и вдруг смолкали, слушали пустоту, тишину, шорох стен и углов, биение сердца...

Бросили недопряженные стулья, махнули из комнаты в коридор, с раскрытыми глазами, с раздутыми ноздрями вперед мчались, тихо визжа во внезапном диком, спертом страхе и через переднюю на лестницу и по лестнице вниз, все с тем стонущим визгом: ведь стенка из передней стеклянная и видно *им* -- все видно... *Они* нас видят, только мы *их* не видим...

У дедушки.

В проходной гостиной за трельяжем.

Здесь, в освещенной скуке между двумя залами, где тетушки, где дядюшки, где братцы и сестрицы,-- лучше, гораздо лучше. И, отдышавшись на диванчике, затеваем игру. В школу.

Уроки. Эндрю, Люси, Чарли и все учатся.

-- Володя, ты видел на стекле?

-- Кого?

-- Не знаю. Когда мы убегали.

-- Что?

-- Прижался...

-- Глупости. Ты не знаешь, тысяча и тысяча сколько будет?

-- Две тысячи, мистер Чарли.

-- Неправда.

И вдруг розовые щечки мистера Чарли бледнеют в гневе.

-- Неправда. Ты не выучила урока, Люси. Тебя наказать! Тебя в чортов чулан. Тебя высечь...

Я не плачу. Все мальчики удивляются, что я не плачу. Гляжу с безумной смелостью в побелевшее лицо мистера Чарли. У мистера Чарли вздрагивают ноздри и вспыхивают голубые глазки, совсем как когда я его раздразню и он бросается на меня с ножом, с палкой, с камнем, вдруг сильный и страшный. Но теперь не страшно. И тихим голосом шепчу:

-- Меня ты не будешь сечь.

Конечно, мальчики смотрят, удивляются, ждут... Их много. Я одна. Я должна поддержать имя царевны... Но мистер Чарли зовет Боба и Джека. Они ведут меня.

Иду. Вижу ведь, что противиться нет смысла. И кричать тоже. Выходим так за трельяж; встречаем одну тетю и двух двоюродных братьев.

-- Какое у тебя лицо злое, Верочка!

Еще бы! Они не видят Джека и Боба. Не знают, что Володя мистер Чарли и зачем меня ведут.

В чулане чортовом темно и душно. Они бросают меня на пол. Они раздевают меня, чтобы сечь. Все равно, я сама своя, и непобедима. Так и мучеников били, но обидеть не могли. Володя сечет меня своей ручонкой. Это, конечно, ужасно больно. Я не кричу...

И вдруг побеждена, Сама побеждена. Сама хочу так. И мне сладки удары, и душная темнота, и тайна, и жгучий стыд в чортовом чулане...

Стала с тех пор всякая игра тою игрою. Всякая игра, чтобы можно было сказать друг другу: пойдем играть так-то или так-то. Но глаза наши знали и избегали встречи.

В деревне была палатка. Настоящая палатка: белая с красной каймой. На лугу вбивался шест, и она растягивалась на колышках широко вокруг. Играли в фабрику. На суку лиственницы сидел Володя и бил меня длинным кнутом. Вертелась веревка вокруг дерева, и кружилась моя голова так, что с хриплым стоном я падала на траву. Тогда он ударом носка подымал свою лошадь и гнал ее в палатку.

Лошадь заболела. У лошади удар от солнца и кружения. Ее нужно лечить. В палатке лошадь лечит ветеринар. Володя ветеринар...

-- Вера, отчего ты не такая?

-- Я такая.

-- Так нет.

-- Я могу и такой быть. Только теперь вот не хочу.

Володя благоговеет... Лежу и слушаю, как шмель гудит и шлепается о полотно палатки, и так в груди шлепается сердце, а в голове гудит. А выйдешь из молочного полусвета, где пахнет травой и кореньями, слепит солнце и заливает щеки жара.

-- Володя, зачем люди стыдятся друг друга? Мы не будем.

-- Мы никогда не будем.

В доме нашем деревенском большая, двухсветная зала отделена от столовой узенькою, темною диванной. Вправо и влево -- как две норы, и совсем почти заполнены двумя маститыми, древними, клеенчатыми диванами. Залезали мы с Володей в последнюю темноту по широкой прохладной клеенке. Я вперед. Он позади.

Если так смотреть в темноту долго, носом приткнувшись к клеенке, то увидишь светленького чортика: маленький, и блестит, как волчий глаз ночью...

За рощей речка в густых кустах. Мы раздевались. Никто не знал. Купались. Глядели. Я хотела хуже. Хуже. Чтобы было все хуже и придумывала и удивлялась, что все так выходило не то, что мне хотелось, что было, что должно было быть. И если бы могло быть хуже, совсем стыдно, тогда стало бы хорошо.

Мы ходили со своей тайной, где я была сильна и слабостью своею вольною, и властью отказа, где Володя сгорал бессилием и злобою, ходили среди обманутых больших и обманывающих, и было нам смешно, и гадко, и гордо. И я любила смущать больших словами, когда замечала, какие слова смущают их.

Зимою читали что-то... о каких-то народах, их верованиях. Я спросила Александру Ивановну:

-- Все верят в своего бога. Почему наш настоящий?

-- Я обещала твоей маме не говорить с тобою о религии. Иди спроси ее.

Тогда я поняла и ее тайну, и что Бога не было.

II
БИЧ

У меня было желание.

Желание мое было -- бич. Бич для того, чтобы втыкать в передок карфашки.

Мое желание родилось, когда я, выездив Руслана, катала на нем фельдшерицу, в которую была влюблена.

Выездить Руслана было трудно: большая победа. Телом к телу борьба неравная, уже после того, как из-под опрокинутой карфашки я выползала на свободу и глядела из своей канавы с вожделением на покинутую дорогу, с обидой на упрямого осла. Он же, оборвав упряжные ремни, щипал и жевал сочную траву со степенным благодушием!

К заду подойти и втолкнуть в оглобли было неприятно:

Руслан охотно брыкался обоими задними копытами вверх. К морде, и держать за повод -- бесполезно. Руслан ощеривался и сводил набок всю оголенную розовую челюсть с желтыми еще молодыми зубами, но даже головы не поворачивал и выпяливал на меня сердито свои глаза с лиловыми белками.

Тогда-то и начиналась борьба.

Обняв его серую короткую шею, напрягая свою узкую грудь и упругий живот, я толкала врага частыми, напористыми толчками к косогору, пока не сдвигались упрямые ноги, втиснувшиеся в промозглую землю на дне.

Помявшись на месте и помесив канавную жижицу обеспокоенными копытами, Руслан решался, наконец, откачивался в сторону от меня, медленно взбирался на дорогу.

Двумя прыжками опередив его, я хваталась за жестковолосую холку, вспрыгивала ему на острый хребет, зажимала ногами раздутые бока его сенного брюха, дергала уздечку, гикала, и тряским, хитро-мелким скоком подвигалась от покинутой, четырьмя колесами вверх, карфашки путем знакомым и неотвратимым к конюшне.

Но ко дню рождения моего желания уже далеко позади было геройское время моей борьбы, и казалось -- повториться прошлое не могло. Теперь Руслан возил меня рысью и вскачь по дорогам лесным, полевым и деревенским. И я катала поповну, катала дочь управляющего, раз даже Александру Ивановну, мою воспитательницу, очень не любившую канавы, и раз самое ее -- фельдшерицу.

А Володю не катала. Володя говорил, что на осле скучно. Но он просто боялся, потому что был труслив.

Вот тогда, когда катала фельдшерицу, оно и родилось -- мое желание.

Желание бича!

Бич для того, чтобы втыкать в передок карфашки!

Бич с высоким гнутким стволом, с тонким стройным перегибом и тонким, длинным и крепко сплетенным ремнем.

Я чувствовала его в руке, знала упругие толчки тростникового ствола о сжатые мои пальцы, видела перед собою стройную его линию высоко вверх, и перегиб, из которого, конечно, не могла торчать острая палочка, как всегда из моих игрушечных кнутиков.

И отуманило меня с того счастливого утра, когда я катала среди пахучих весенних зеленей свою первую любовь,-- родившееся во мне мое желание.

Махала порожней рукой, сжатою в кулак, так решительно вперед, сухим взмахом, и вдруг принимала руку в локте ловким толчком назад. Тогда я слышала, как сухо и остро щелкал вожделенный бич шелковою кисточкой на конце тонкого ремня, и ремень длинный, искусно крученный, резал, зикнув и свистнув, воздух. И глаза мои, даже закрытые в наслаждении и остром страхе, видели, как прял ушами, ужаленный звуком, осел, хлестал хвостом, всем серым телом подаваясь вперед, и я откидывалась, переламывалась в стане, как от резкого толчка моей карфашки.

Я стала жить своим желанием.

Из деревни я привезла свое желание в город. Как паутина мягкая, тонкая, но липкая, оно обмотало мне мозг и сердце.

Я жила сквозь свое желание.

Оно было так красиво. Зазывало с такою гибкою силою. Казалось недостижимым и неизбежным. И что бы я ни делала, ни думала, ни говорила,-- рука сжимала чуткий тростник, линия легкого, стройного перегиба гнулась в глазу, и, вздрагивая, я ловила слухом острый, сухой, как выстрел, треск бича.

И разжигало мое желание невозможностью своего исполнения. Кто же мог понять из *них*, что оно нужное? *Они* не понимали ни Руслана, ни бича, ни меня. И смеялись потому, что их жизнь была скучная и бедная.

Но беднее была я, потому что не имела, чем заплатить за исполнение своего желания. У меня было всего пятьдесят три копейки. Но бич... что мог стоить такой великолепный бич?

Быть может, пятьдесят пять рублей?

Все равно. Мне нужно было исполнение. Все равно,-- так вышло, что я пожелала приобрести бич.

Как странно стало жить в этот год бича, без Бога.

Ведь Бога не было. Но Бог велит быть честным и послушным, уважать родителей и воспитателей. Учиться и побеждать желания.

Его нет. Но желание есть.

Даже не одно. Если иметь так одно большое, то приходят еще много маленьких. Еще очень, очень много маленьких.

Все маленькие желания остренькие, шершавенькие. Как много конских волосков, повылезших из матраца,-- колятся. Много маленьких, шершавеньких, колючих желаний.

А Бога нет.

Это удобно. Гораздо удобнее.

К маме я, конечно, не пошла. Как бы я сказала маме, что Бога нет? Потому что ведь тогда ничего нет. Ничего нет, что настоящее. А все только как будто, не по-настоящему, а так -- поскорее, повеселее, так, чтобы забыть...

А мамочка, когда посмотрит на меня своими глазами, такими большими и печальными, то я знаю, что все настоящее, и важное, и навсегда.

Это страшно и неудобно.

И страшно без этого... потому что какой же это ужасный ужас и самый греховный последний грех вдруг так поверить, что Бога нет! Слова такого сказать ведь я не сумела бы никому! И Володе не сказала. Я только знала его -- это слово, и уже вся жизнь и все люди и все вещи стали другими.

И я глядела на всех людей и на все вещи новыми удивленными глазами, быстрыми жадными взглядами, и во всех людях и вещах видела только свои желания.

Но через все свои желания видела только то одно желание.

И как-то связалось то желание с новым моим миром, в котором оказался такой нежданный простор и пустота и такая легкость, потому что не было в нем Бога.

Этой последней тайны, конечно, никто, кроме меня, не знал. Только я знала и молчала.

Или все знали и молчали? Как все, конечно, и ту тайну знали, ту стыдную, и молчали...

Я устроила аукцион.

Снесла в гостиную, где мне позволили остаться после обеда, всяких старых игрушек и предметов.

Был согнутый жестяной соловей на свистульке, которым я совершенствовала пение хромой канарейки Бобика. Была вставочка со стеклышком, на котором стерся какой-то горный вид. И этажерочка, мною плохо выпиленная и лениво склеенная, и потертый лукутинский разрезной ножик с зарей и красной девицей у забора. Это помню. И еще было много всякого подбитого, потертого, мне негодного.

Мне нужны были деньги на покупку бича, и потому я затеяла аукцион. Заламывала цены, стучала молоточком, ловила братьев на слове, уверяя, что кто, набавляя, повторит и всю цену,-- платит двойное...

Чуяла, что маме не по себе, что сестра пугается моей жадности, что противное в комнате, где громкий мой голос и взволнованный смех, хлопанье моих ладошей -- задавляют скользкого и соленого червяка, но из груди, все живой, он лезет в горло, из горла в рот и нос, и мне хочется плакать.

У себя в учебной за ширмой, где прячется умывальник, разложила возле мыльницы добычу: три рубля и двадцать две копейки.

И еще в кошельке пятьдесят три копейки. Всего три рубля семьдесят пять копеек. Можно ли купить бич?

За обедом спрошу среднего брата, моего милого, веселого, он все знает и на аукционе не был.

А вдруг он уже теперь дома? Сбегаю в его комнату.

Мчусь. Уже дорогой взывая:

-- Коля! Коля-я-я! Коля-я-я!

Вламываюсь в дверь.

Пусто.

Хочу прочь. Уже повернулась назад. Но что-то видели

слишком дальнозоркие глаза. (Их даже лечить собираются от этой болезненной дальнозоркости). А до души, значит, не дошло виденное, так в одних глазах и осталось. Толкает неведомо что и неведомо к чему, глухо и сонно, вперед к окну, где большой письменный стол. И будто даже удивляюсь, и сердце пятится назад.

Стою уже у стола. На синем сукне рассыпана кучка серебра.

Это серебро Колино, моего веселого, ласкового.

Попрошу...

Рука протянулась...

И вдруг острая, злая, но очень тихая и верная радость наполнила грудь и голову. Даже прыгало, но потихоньку, чтобы себя не услышать, сердце, и путались, но глухо, в своей тусклой паутине, веселые насмешливые мысли.

Теперь на умывальнике четыре рубля и двенадцать копеек.

Только бы никто не украл! Прячу в копилку, а копилку бросаю под комод. Там Таня не метет никогда...

Вот дождусь Колю. Он свезет меня на своем рысаке в магазин, купим вместе бич! Повешу пока до весны... (О, как долго до весны! Все равно бич нужен скорее, больше я ждать не могу!..) -- повешу на стену, над учебным столом. Весело будет готовить уроки и щелкать... То есть, конечно, она не позволит щелкать, но я буду в уме щелкать.

Коля такой славный, он поедет.

Какое время настало! Оказалось, что нет невозможного: только захоти!

И всюду клады.

У матери на окне, под картоном со шляпой, большой ящик, полный медовых пряников. Опустошала медленно, терпеливо, бесстрашно изо дня в день, дотла. Никто не узнал.

Медовым пряником начинался день, и тянулся дальше, минутка за минуткой, минутка от минутки отдельная, отдельная и забывчивая. И каждая, проходя, умирала без памяти, а наступившая, полная жадности, глядела в мои пустые, несытые, холодные и блестящие бесстрашием глаза. Мы перемигивались в понимании: до смерти час, что сделано -- забуду. Это свобода.

Лгала. Потому что ложь убивает. Стало очень удобно, потому что без Бога я научилась большей ловкости. Это желания научили. Почти не попадалась, и всегда горели пустые глаза холодным веселием. Непроницаемые глаза сквозь блеск.

Любила ложь. Все, что тянулось одно из другого, одно другое помня, одно другое любя, одно за другое умирая, очищая, ручаясь собою живым за умершее, ведя что не прерывалось, и не уставая святую нить влачить, из звеньев скованную от Начала и к Началу, страшную и святую и непреложную Необходимость -- ложь прерывала, и становила Пустую Свободу.

Меня меньше наказывали. Верно, оттого, что часто вывозила ложь, и когда не вывозила, было как-то все равно. И в углу, и под арестом в учебной мысли приходили забавные, без задержки, и не было стыда.

Игры с Володей почти прекратились сами в себе, сводились всецело к той одной игре. Наши глаза, встречаясь, мучительно блестели, и я учила его обманам.

Это было внутри. Я не помню громких событий, внешних дерзновений. Просто -- изнутри вовне переменился взор.

Минутами нападал ужас.

Володю тоже не щадила. Свалила на него вину за измазанную тетрадь. На чистописании -- лошадиные головки, рогатые, очень непохоже выведенные кровью. Это мне была мысль и мое было исполнение.

Володе даже не сообщала. Он был еще глуп, боялся крови и потому презренен.

Это случилось так. Мне вдруг стало скучно, пока выводила красивые буковки, так скучно, что и надежда всякая пропала -- ту скуку ровную, серую, плотную, глухую потерять. И сквозь серую глухоту, как сквозь серое глухое небо тускло прорезались отблески-зарницы...

Это были все они -- желания. Только тоже совсем безнадежные, потому что желалось только того, чего нет. Вот так, ясно во всей тупости, до слез почти ясно сознавалось, что уже ничего не желаю, что есть, и только того, чего на свете нет.

Взяла тогда ножичек и стала резать руку повыше кисти, где синие жилки под самой кожей. Царапала и жгла боль, я захрипела как-то противно, испугалась хрипа и бросила ножичек. Тихо сочилась кровяная струйка, капелька узенькая в капельке, выжимаясь напором из ранки.

Тогда захотелось пачкать тетрадь чистописания, и, обмакнув в капельку перо, рисовала лошадь.

Я лошадь рисовала, начинала с головы, и не выходило, так что все снова приходилось, а кровь сворачивалась и нужно было обсасывать и смачивать соленое железистое перышко. Так и вышли все несуразные кровяные конские головки с ушами рожками.

А *она* спросила.

-- Кто намазал красных чертей?

Мне стало и смешно, и весело, и, не думая к чему, даже без выгоды в уме, я ответила:

-- Володя.

И захныкала, выжав слезы на глаза. Она еще сомневалась. Подошла вплотную, в глаза слезливые заглянула.

-- Можешь дать слово, что он, а не ты?

-- Честное благородное слово.

-- И какая такая краска противная, точно кровь?

Я залпом отлопотала свои клятвы и подняла вверх гордую голову с светлыми, пустыми, дерзкими и жадными глазами.

Я ведь навсегда свои тогдашние глаза запомнила. Поглядывала же в зеркало, когда иногда расчесывала свои тонкие путаные пепельно-светлые волосы. Я тогда была красивая от того блеска глаз в светлых волосах.

Отчего же нельзя и честное слово дать, если можно лгать? Это все равно. Я любила всегда все до конца.

И отчего нельзя предавать Володю, если все совсем отдельно, и нужно, чтобы весело?

Отчего нельзя?

Пусть и он, если желает. Я и на него не обижусь.

Раз в магазине я с Александрой Ивановной покупала себе тетради. Стояли ящики лучиновые с чем-то и было ужасно интересно с чем. Двинула муфтой по столу, дернула рукой. Когда вышли на улицу, нащупывала пальцами, чуть-чуть дрожащими, два лучиновых ящичка.

Дома разделила добычу так: один ящичек себе, один в насмешку и для приятности Александре Ивановне. Страшно внимательно поглядела она на меня, но взяла.

В ящичках были китайские цветы. Если опустить в воду -- расцветают.

Таню рассчитали. Коля тогда же заметил, что серебра убавилось со стола и сказал. Пождали. А тут пряники. Сахар из буфета, и... еще и еще гривеннички со столов. В копилке под комодом накопилось пять с полтиной.

Дождалась и Колю.

В узких саночках жмемся тесно. Он обхватил за пояс. Впереди перед носом загораживает свет широкое сукно. Откинешь вбок голову смотреть,-- в глаза мечется колкий холодный снег из-под подков. А ветер взял кожу и натянул по лицу слишком туго.

Больно и задорно.

Потом запах отделанной кожи, блеск начищенной меди, уздечки, сбруя, седла, седла, седла!

Вот рай!

Я взволнована, очень взволнована. Должно быть, до того, что ничего не вижу.

И вдруг бич!

Он передо мной. Коля держит его в руках. А я, должно быть, боюсь. Так страшно бывает, когда вдруг исполнится чем -- жил.

Я ведь жила своим желанием.

И что же дальше?..

Он был тростниковый. Пальцем я потерла по светлому, лакированному стволу с бугорками на месте отрезанных ветвей.

Коля сунул мне его в руку. Он был легок, высоко взлетал тростниковый ствол и стройно на верхушке перегибался упругий, крепко скрученный, тонкий ремень. Вот по щеке щекотнула шелковая кисточка.

Отошла туда, в свободную сторону.

Махнула порожнею рукою, сжимавшею упругую рукоятку, решительно вперед, сухим взмахом, и вдруг приняла руку в локте ловким толчком назад! Тогда я услышала, как сухо и остро щелкнул вновь обретенный бич шелковою кисточкой на конце тонкого ремня, и ремень, длинный и искусно крученный, резнул, зикнув и свистнув, воздух.

Подошли... Я выдала бич кому-то. Сделалось мне тихо и смутно.

Пока мы ехали домой, я благоговейно сжимала в руке обернутый тонкой бумагой бич. От быстрого воздуха и тонкого мороза моя тишина прошла, и вдруг напали на меня болтливость и планы.

-- Коля, я -- знаешь, что думаю? Припречь можно к Руслану Людмилу пристяжкой.

Людмила была его жена, более темношерстая, чем он, с тоненькой головкой и с острой, горбатою спиною. Она беспомощно и спотыкливо ступала на больные ноги. Каждую весну она рожала по мертвому осленку.

Коля возражает:

-- Она на бабках ходит. Не сгибает ног в копытах. Нельзя.

-- Ничего. Это ничего! -- Я торопилась, уже уколотая желанием. -- Знаешь? Ей не больно. Она и сама иногда рядом с нами бежит.

-- С кем?

-- Со мной и Русланом.

-- А ты кто?

Я не слушала. С братьями всегда так. Иногда сердилась, иногда дралась. Сегодня некогда было обижаться.

-- Понимаешь, если есть бич, то можно хорошо парой. Только мне нравится пристяжной. Я Людмилу веревками пристегну. Я сама. Я не хочу кожаных постромок.

-- Как же так -- бич английский, а веревки, как в телегах, мужицкие?

-- Ничего, правда, ничего. Нет, знаешь, это даже именно и хорошо. Бич и веревки. Я не люблю, чтобы порядок был.

Бич -- это в руке.

И я его сжимаю, сжимаю. Не верила еще. И... чуть-чуть печалилась презрением, уже чуть-чуть презрением к нему: ведь он был моим, и уже я его не желала, не желала жаркими восторгами, огненными кровинками, жизнью своею.

-- А если пара ослов -- так шибко побегут! Людмила галопом. Знаешь, Коля, я ей голову привяжу вбок и галопом. Коля, а мы за тобой поспеем? А?

-- И ты галопом?

Он продолжает насмехаться. Но на него нельзя сердиться и слишком интересно...

-- На тетеревей ты поедешь, и мы с тобой.

-- Да выводки еще только осенью стреляют.

-- А весной что? Коля? Что весной?

-- Весною? Дупеля. Ток.

-- Так я с тобою всюду. Из монтекристо можно дупелей.

-- Ты будешь стрелять?

-- А что?

-- Да ты всегда о зайцах молишься. Помнишь, тебя на коленях увидел Антип?

Это Антип, лесник. Мне было стыдно вспомнить: братья взяли на охоту заячью, а я молилась.

-- Вот вздор! Я теперь совсем не такая. Я буду сама.

Мы уже взбегали по нашей лестнице. Звонили в переднюю. Пока не открыли двери, бросалась ему на шею, благодарила, вдруг снова охваченная восторгом несмешанным.

Бежала, не скинув шубки и калош по коридору, заворачивала в шкафную, там посреди торчала передвижная лесенка (на ней мы с Володей делали цирк),-- взвилась по ее ступенькам на площадочку, спрыгнула с высоты, в обеих руках бич держу над головой, и дальше... Снова поворот и тараканьи ступеньки. Гоп, гоп. И вламываюсь в дверь учебной.

На кушетке она не сидит. Не у себя ли?

Ее комната рядом.

Да. Она в своем кресле у стола читает.

-- Александра Ивановна! Бич, бич, бич!

Она как будто испугалась немножко. Верно, я очень стремительно, с напором. А она все не могла привыкнуть. Да и в шубе я и калошах...

Срываю тонкую, шелковую бумагу. Отскакиваю в свободную сторону. Взмахиваю вперед рукою, со страстно сжатой в дрожащих пальцах рукояткой, сухим взмахом и решительным, и вдруг принимаю руку в локте ловким толчком назад. Услышала, как сухо и остро щелкнул обретенный бич шелковою кисточкой на конце тонкого ремня, и ремень, искусно крученный, резнул, зикнув и свистнув, воздух, и по моему сердцу остро хлестнуло блаженство обладания и гордость.

Стояла и глядела с вызовом избыточности на нее там, в кресле, сухопарую и бездольную, глядела в ее умеренные, бескровною жизнью бледные, близорукие, выпуклые глаза без блеска и широкоскулое, плоское лицо, где мускулы, подсохнув, одеревенели и стянули немного книзу углы длинного рта.

И подплясываю перед нею в шубе и калошах, с растрепанными волосами, потому что шапку содрала еще в передней. Уже вперед дразню, отпор предчуя моей радости и гашение.

-- Это что же?

Она спросила беззвучным своим голосом совсем бессмысленно. Она же видела, она же слышала.

В ответ я щелкнула еще раз бичом, уже не отступая с ним в свободную сторону, совсем возле нее, и она отстранилась, резко вздрогнув плоскою, широкою грудью в могеровом платке.

-- Ты с ума сошла. Или дерзишь? И для чего тебе этот бич?

-- Для Руслана и Людмилы.

-- Сколько же заплатила?

-- Это Коля купил.

-- Сколько же он заплатил?

Я вспоминала. Там, у кассы, Коля взял мои деньги скопленные и скраденные, но еще прибавил своих. Я видела, как он вынул из своего кошелька синюю пятирублевую бумажку, точь-в-точь как мою, и заплатил обе, а мне отдал рубль мой и всю мелочь, и сказал:

-- Купим его пополам. Половину плачу я.

Коля, Коля! Нет брата добрее! Хорошо, что он не был на том стыдном аукционе.

-- Десять рублей,-- сообразила я.

Александра Ивановна выпрямилась в кресле, и ровная тусклость ее глаз вдруг засветилась другим блеском, чем тот, который зажигала по ней брезгливая обида на мои обычные грубости упрямства и "представления"...

Еще недолго до ее слов -- она говорила не тотчас -- по вспыхнувшему в глазах блеску, я поняла, что это гнев, и что этот гнев -- гнев праведный.

И взбунтовалась.

Потому и взбунтовалась, что впервые восприняла гнев как гнев праведный. Против праведного взбунтовалась, потому что, когда праведное вызывает, то есть два пути: путь покорности и осанны, или путь бунта и проклятия.

И странно мне было, что праведное вдруг оказалось в ней, именно в ней, которая всегда... которая всегда -- ничего не понимала настоящего.

Теперь она говорила. И голос ее был не обычный -- тусклый, но звенел, как такой, каким говорят слова праведные.

-- Ты дрянная девочка, которая ни разу не подумала о других. Знаешь ли ты, что есть дети, которым нечего есть, и они не могут не только что бичи покупать и на ослах кататься, но души их и мозг остаются темными и во всем их теле только одна мысль: чего бы поесть, потому что живот их стиснут и постоянно ноет? Ты думала ли, думала ли, что за эти десять рублей можно месяц такую же, как ты, девчонку прокормить и ум напитать учением, которое тебе дается в избытке, так что ты бунтуешь против него и мучаешь тех, которых должна благодарить?..

Александра Ивановна говорила еще много, все тем же взволнованным, живым голосом, все такие же праведные и несомненные слова, но уже я не все слышала, потому что, чем они становились несомненнее и праведнее, тем ярился злее мой безнадежный бунт, и я, подплясывая, посвистывая и гримасничая уродливо, острой сталью из сердца своего встречала те слова живые и праведные, чтобы пронзить их, и чтобы до меня они долетали уже мертвыми и глухонемыми.

-- Ты плачешь над канарейками и собачками, но когда рядом с тобою умирают дети, как ты, и ни разу не узнав, что значит радость,-- тебе нет дела, ты даже не замечаешь... Если бы вы знали, испытали, хоть раз испытали... если бы богатые сердцем почувствовали и иначе растили бы своих детей... -- если бы ты, бездушная девчонка... проклятый он, твой бич, проклятый он, твой бич! А ты, гримасница и паясница, просто дура.

Этого, казалось, и ждало мое сердце, все оно словно вытянулось, вытянулось из груди острой шпагой, все в одну сверкающую стальную полоску, вытянулось навстречу злому слову правды и грубый рот мой крикнул:

-- Вы сами дура.

Это был удар моей стали.

Она встала, положила твердую, строгую руку на мое дрожащее плечо и свела меня к двери.

-- Выходи.

-- Не выйду.

-- Выйдешь.

-- Не смеете толкаться.

Она толкает. Толкает, даже не чувствуя того, толкает, потому что кровь ее, всегда сдержанная, жизнью дрессированная, вспыхнула и загорелась гневом праведным.

Мы сцепились.

Это было ужасно.

Бунт и Гнев дрались, и Бунт изорвал на груди Гнева мохеровый черный платок. Гнев оттрепал Бунт за волосы и вытолкал за дверь, и долго стучался Бунт кулачонками стиснутыми и безнадежно в запертую дверь Гнева, и плакал визжащим тонким воем... собачьим.

III
КРАСНЫЙ ПАУЧОК

Путеводные обманы.

Я услышала эти слова позднее, уже взрослою, от одной из моих подруг, когда призналась ей, что обещали мне пурпурно-огненные крылья зари.

Путеводные обманы! У каждого они возникают и ведут, сказала она, и ведут, и ведут путями мук и путями восторгов, греха и благости, разлук и упований,-- к истине.

Моими путеводными обманами в ту весну, когда я узнала об изгнании,-- были тюфяки...

Вот как это случилось.

Созвали совет из семейных и докторов. Была тетя Клавдия и дядя Андрюша (тот, который любил маму и не любил меня за то, что я ее мучаю), старшие два брата, сестра, *она*, сама мама, домашний годовой врач и им позванный второй врач, известный психиатр.

Врачи сначала меня раздели и долго выстукивали грудь, живот, спину, колени. Я злилась, стыдилась, но была подавлена неожиданностью и торжественностью.

Потом стала говорить не своим, пугливым и спотыкающимся голосом мама, и долго говорила что-то о том, что ни одна воспитательница не могла воспитать меня и Александра Ивановна тоже отказывается от всякой надежды.

Потом говорила однозвучно, матово и без перерыва Александра Ивановна и все рассказала про бич и про драку, потом дядя, но я уже не слушала, сорвалась с места и, так сдвинув брови, что поперек лба от носа глубоко врылась моя злая складка,-- выбежала из комнаты.

Они, конечно, заметили, что когда эта складка вроется,-- нельзя остановить, и меня не преследовали.

Конечно, сидела в шкафу. Под бальными юбками сестры. Только разница с прежними разами та, что не плакала.

Что-то было оскорблено, что-то навсегда было оскорблено, и вот это чувство, что навсегда,-- было новым, и впервые заставило меня почувствовать себя совсем настоящим человеком.

К ночи, когда они набегались, ища меня, вылезла и прокралась в свою постель, где и нашли меня спящею. То есть, конечно, я представлялась. И даже маме не открыла глаза, даже когда она перекрестила,-- не почувствовала. Как бревно.

Занятия с Александрой Ивановной продолжались. День полз по-прежнему: но все стало новым, и не настоящим. Это оттого, что не могла быть жизнь прежнею и настоящею, если после бича меня не наказали.

Мне было очень неладно на душе, жутко и совершенно одиноко. Это оттого, что не наказали. Это было так дико, так несправедливо, так невероятно, что вероятнее была "ненастоящесть" жизни.

Конечно, все это только так, только на минуточку, на денечек, на два денечка, и окажется, что *она* не та, и я не та, и мама тоже, и учебная не та, и что ничего нет.

Просто и решительно, что ничего нет.

Она что-то все писала. Что-то часто заходила к нам, прежде не бывавшая, мама... Что *ей* писать? Приносились толстые словари. К чему маме мне улыбаться, проходя через учебную в ее комнату, улыбаться так застенчиво?

Они вышли из учебной, когда Прокофий доложил обед. Меня звали, обе ласковые... Я не пошла сейчас. Сказала, что руки умою за ширмочкой. Сама нырнула к *ней.*

На ее столе забытый лист почтовой бумаги крупного формата. Ринулась к бумаге: по-немецки.

Гляжу. Подплясывают строчки. Отчего? Чего боюсь? Отгадки. Вот сейчас отгадаю, почему эта вся жизнь не настоящая и какая она вправду. И не хочу.

Не могу.

Хочу оторваться от перечеркнутых подписанных строк немецкого черновика и не могу. Воля толкает, держит над бумагой.

Нужно. Нужно.

Тяжелая воля гнетет к разгадке... навстречу сама идет, чтобы не принимать, но брать.

"Die Gesellschaft von Mädchen ihres Alters unter Eurer

frommen Obhut... Das bessere Clima Eurer Heimath... Eure Güte, hochgeehrte Schwester... Die Religionsfrage... Es giebt ja nur Einen Gott für Alle".

Да... Кое-что поняла. Но и меньше могла бы понять и все-таки все понять.

Стояла пораженная. Стояла... Стояла...

Шла потом из комнаты через учебную, через коридор и шкафную, еще коридор -- в столовую...

Видела, что один шкаф приоткрыт, что из-под комода против маминой двери торчит мертвый мышиный хвостик с обгрызанным задом,-- кошка, значит. Видела рожу сквозь стеклянную, на лестницу, стену передней. Рожа прилипла к стеклу. Мы ее часто видели по воскресным вечерам, когда с Володей играли одни в покинутой квартире. Видела в буфете насмешливое красное лицо Прокофия.

-- Опоздали, барышня, без сладкого накажут.

В столовой, конечно, никто не наказывал, никто, не ждал, никто не заметил. Так ведь и все теперь...

Ела, все-таки что-то жевала, и ничего не думала. Кончился завтрак.

-- Сегодня мы на гимнастику не пойдем. Можешь в шкафной играть в мячи.

Должна бы обрадоваться. Вот праздник в будни! Вместо постылой гимнастики там, в какой-то чужой зале, где по команде вышвыривают вперед, в стороны и вверх ноги и руки, и глупо мар="ируют без игры и ловкости,-- игра ловкаческая в мячиковую школу.

Но так было бы,-- что праздник, если бы была жизнь настоящая, а теперь, когда все -- как будто, какая же радость?

Я рада, что видела щель в шкафу, проходя по шкафной. Я вспомнила о ней теперь на обратном пути.

И я там, под шелковыми юбками.

Моя милая учебная! Моя любимая Александра Ивановна!

"Мамочка, мамочка, мушечка, моя мушечка, моя... дорогая, моя дорогушечка, мушечка -- моя дорогушечка..."

Вышла рифма, и я остановила свои причитания.

Зачем они меня гонят?

Куда они меня гонят?

Кто теперь будет приказывать?

Всегда будут приказывать?

Теперь совсем чужие?

И охватил глухой бунт.

После шкафа ходила к окну в пустую мамину спальню. Открывала форточку и, вскочив на подоконник, и выше, на опустошенный мною ящик из-под медовых пряников,-- высовывалась по пояс на морозный воздух, вдыхала его жадно, с страстною тоскою в воспаленную сухими рыданиями грудь.

И мечтала умереть.

Умереть, и чтобы простили, и чтобы каялись...

И чтобы все кончилось.

Когда настудилась вдоволь, слезла и, так как озябла и думала, что помру скоро,-- то и размякло сердце, и стала горько и обильно плакать, свернувшись червячком в ногах маминой постели.

Так меня нашла мама. Бросилась закрывать форточку, бранила меня, села ко мне, отняла мои руки от распухшего лица, ласкала и спрашивала:

-- О чем? О чем?

-- Я не хочу в немецкую школу.

Она забыла удивиться, что я знаю. Она сама заплакала и говорила сквозь слезы много правильных слов.

-- Перед Богом, я исполняю свой долг, моя девочка!

И объясняла мне, в чем моя вина и в чем спасение.

Должно быть, промелькнули в быстрых мгновениях Руслан и Людмила, черепахи, пруд с плотом, который тонул по мою щиколотку, когда оттолкнуться, Володя, Боб, Джек, Эндрю и мистер Чарли, и Люси и просто Чарли, и палатка с молочным светом и шмелем, и учебная еще раз, один последний раз милая, и мохеровый щекотный платок. И... как пахнет мамочка резедой! Как та туфля Нади, невестки, которую я украла в свою постель и целовала из любви прошлой весной, когда она была еще невестой...

И вдруг Шульц, вдруг Шульц, т. е. розовая гребеночка и букетик незабудок на пропускной бумаге. И лужа слез под уткнувшимся в стол носом пеголицей Гуркович...

Немки там опять! Эта будет опять немецкая школа, уж совсем настоящая.

-- Мамочка, зачем в немецкую? Зачем чужие? Не люблю немок.

Я же была так несчастна в немецкой школе здесь, полупансионеркой, и все-таки еще дома спала, а теперь и спать в Германии, и спать одной в Германии.

Волнушки! Песок белый, гладкий, и пробили волнушки рядочки остренькие, как змейки переплетенные. Босыми подошвами помню... Также роса рано на рассвете по лугу к морю и бледно-розовые гвоздички... И барка старая вверх дном дырявым. Володя и я на дне наверху, в дыры ноги засунули, длинными шестами, как веслами гребем, песок роем, как воду...

-- Мама, там нельзя босой?

-- Босой?..

Мама оживает, сушит слезы платком.

И вдруг тюфяки!

Мама рассказала мне про тюфяки.

Какая сила была в этих небывалых, несбывшихся тюфяках, чтобы всю цепкую, липкую тоску расставания обернуть жадною радостью, ярким желанием? Откуда прознала о них мама? Почему надоумилась рассказать мне о них? И она продолжала:

-- В школе немецкой девочки все делают сами, дежурят по две недели, кто в спальнях, кто в столовой, кто по коридору, но каждую субботу, всею школою, все тюфяки вытаскивают на лужок (верно, из окон выбрасывают),-- и колотят их камышевками. Два раза в неделю носят бедным платье... Сестры добрые, школу учредил орден протестантских сестер диаконисс...

Я не слушала. Я видела лужок зеленый, ряды девочек, ряды тюфяков, ряды взмахнутых камышевок, и перебивчатый, плоский стук, и солнышко.

Все новое, все небывалое и вольное, потому что я так

любила, чтобы все сама. Это -- воля.

И вот опостыла по-новому и непоправимо учебная, и выцвела старая жизнь. Сердце кочевое метнулось вперед, в новое, в неиспытанное и вдруг поманившее.

Это была измена, и я была изменницей. Наблюдала себя сквозь все неразумие своей радости и удивлялась себе, не понимая. А мама очень обиделась и не могла больше меня ласкать.

Но мне и не нужно было. Жадность ласкала. Ласкала меня обетами и желаниями.

* * *

Путеводные обманы!

Тюфяки оказались обманами.

В школе диаконисс (их шаловливая моя старшая сестра, в стороне от мамы, называла дьконицами) не выколачивали девочки тюфяков на лужочке. В школе было скучно, нудно, мрачно.

По широким коридорам, прорезавшим пополам трехэтажный дом из темных кирпичей, с решетками в нижнем ряду окон,-- неслышными шагами, деловито скользили сестры-дьяконицы в своих темно-синих платьях и белых чепцах с накрахмаленными фалборками, улыбались бледно, неустанно следили за тишиной и благопристойностью. Два пастора заведовали учением: герр пастор Штеффан на коротких ножках, белобрысый, с трясучим животом, и герр пастор Гаттендорф -- молодой, но хромой красавец с каштановыми локонами и синими глазами.

Мои старшие подруги влюблялись в него, плакали по нем, ссорились из-за него.

Но не Люция, конечно, не Люция. Она была моею...

Глядела из окна, как переступал порог калитки в высокой темно-кирпичной стене юный красавец, как шел через песчаную площадку к крыльцу, слегка припадая на одну ногу,-- и были мне противны неровные жердины ног с повешенным на них смятым и прошлое движение старательно запомнившим сукном. И не понимала я, почему почетны жесткие, звериные волосы, скрывающие нежные щеки и подбородок.

Я видела рядом с собою у светлого окна бледное лицо Люции с сиреневыми радиусами серых обреченных глаз. И легкие волны ее двух темно-русых кос отливали медью.

Люция была чахоточная. Она родилась в Александрии Египетской. Мать сначала воспитывала ее в Смирне, в такой же школе дьяконниц, как и здесь, на Рейне. Потом перевела сюда, на север. Мать, верно, не любила Люции. Но Люция боялась признаться в этом. И умирала молча.

Люция была старше меня. Она была из "больших", но "ходила" со мною, и это было моею большою гордостью.

Я была влюблена в Люцию.

Когда она вдруг, тоскливая, испуганная и нежная, бросала две легкие, тонкие, сухо-горячие руки вокруг моей шеи и, откинувшись, глядела в мои глаза всеми своими сиреневыми, сияющими сквозь слезы лучами,-- путались минуты, и время, как сердце в перебое, на одно биение приостанавливалось.

Это было страшно. Как спуск стремительный с ледяной горы. Как смертная угроза.

Люция была роковая. Верно, оттого, что была обречена вскоре умереть. И она в ней была, ее близкая смерть, хотя никто из нас и Люция сама того не знали.

С Люцией встречалась в саду, в коридорах и на прогулках, когда нас освобождали от пар врассыпную. Потому что мы были в разных классах и разных фамилиях.

Наши девочки делились у дьяконниц на "фамилии". Каждая фамилия в четырнадцать человек спала в своей спальне, и в столовой имела свой стол, и на прогулках составляла свои пары.

Два раза в неделю мы выступали за свою высокую кирпичную ограду. Проходили улицами маленького городка мимо его кирпичных домиков, заходили к бедным, чтобы оделить их нашитым нами для них платьем.

Дежурство мы отбывали, и приходилось мне по две

74

недели убирать спальни (но не тюфяки). Просто носила чистую воду вверх по лестнице, а грязную вниз по лестнице, и обтирала заплесканный длинный умывальный стол (это ненавидела).

Иногда нам хотелось плясать, в особенности часто Люции, которая умела закидывать высоко над запрокинутой головой тонкие, как стебли, руки с кистями, как прозрачные длинные лилии, росшие в нашем саду, и перебирать тихонько и не сдвигаясь с места ногами. Тогда из-под длинной белой рубашки показывались и скрывались как бы крылышки беленьких горлиц. Потому что плясали мы ночью, летними ночами до прихода к нам "фамильных" сестер-дьякониц, спавших с нами в наших спальнях.

Когда находила пляска, за мною и нашими присылались вестовые.

Помню, как часто вид пляшущей в такой тишине и неподвижности Люции приводил меня в непонятное волнение. Мне становилось трудно вздохнуть, словно разом вырывались из меня все мои мысли, и все восторги, и все невозможные, непонявшие себя желания. Тогда я выскакивала из круга подруг, тесно оцеплявших Люцию, и принималась оплясывать ее, сомнамбуличную, почти изваянную.

Не знаю, какие были мои движения, но была в них, очевидно, какая-то зараза безумия и развязности, потому что минута за минутою вырывала из стеснившегося круга плясунью за плясуньей и бросала их в наш вертящийся, мечущийся мир. И так как крики и песни рвались из запыхавшихся пляскою или сдавившихся напряженным лицезрением грудей, кричать же или петь сознавалось гибельным,-- то и выливались все крики и песни в неустающих ритмах мускульных сокращений, в стонах задушаемого восторга.

Ставились дежурные вестовые по всему коридору до самой лестницы, и подавались условные знаки, чтобы пляшущие и лицезрящие заранее успевали домчаться до своих спален и нырнуть под одеяла. Помню тогда плеск босых подошв по полу и шелест веющий несущихся мимо в рубашках легких тел.

Я любила ночи после пляски. Это было какое-то успокоение. Побьется, побьется сердце бурно, притиснутое к подушке, и затихнет. Тогда погружается вся жадная, высматривающая моя душа в забвение.

Это покой.

А так, и днем и ночью, не было покоя. Потому что было нужно так много и все зараз и все отдельно. Ведь Бога своего я не вернула и в школе, где над каждою дверью упрекали надписи, повешенные или на стене начертанные, из Писания: о благости Господней и о суде Господнем, призывы Господни, и угрозы Его.

Бродила и искала, искала, кого потеряла, и не находила.

Молчала. И становилось ужасно,-- так было одиноко.

Люции не говорила, потому что боялась, что Люция сама знала. Люция должна была вскоре умереть. С какою неумолимою тоскою горели сиреневые лучи ее обреченных глаз. Мы все почему-то узнали, что она обречена.

"Доктор ее обрек".

Так шептались о ней между подругами, именно этим словом, потому что оно было страшное, таинственное и красивое.

Я знала, что если Люции сказать про Бога, что Его нет, то она согласится, а этого-то я уже совсем не могла бы выдержать. Казалось мне, что вот легла бы на пол и собакой заскреблась бы когтями в дерево, и собакой завыла бы. Так стало бы мне страшно.

И часто представляла себе это страшное.

Тоненькая, черненькая, набожная Гертруд Кроне, сиротка, воспитывавшаяся даром добрыми дьяконицами, была также моею подругою. Собственно даже, она одна и была подругою, потому что с Люцией это было другое.

Тоненькую Гертруд я мучила и любила жалостливо, она же меня с обожанием.

Я любила обожание, искала его. Не было подвига, не было дерзости для меня слишком страшных и на которые не пошла бы я этого обожания ради.

Когда весь класс глядел на смелую, уводимую в наказание за геройство, и все лица горели обожанием и преклонением,-- во мне вдруг становилась тишина достигнутого, нужного и правильного.

И что за беда -- расплата!

В классах я изводила и герра пастора Штеффана, и герра пастора Гаттендорфа. За уроком кричала острыми, сухими отдельными возгласами, и словить меня было невозможно:

-- Was! Wo! Wie! Wann! Was! Wo! Wie! Wann!

Оскорбленный учитель обращался к классу за выдачей виновной, но класс молчал. Когда же однажды вошедшая в то время начальница, страшная, великообъемная, праведноликая сестра Луиза Кортен обвинила меня,-- весь класс стал на защиту, сначала отрицанием, потом соборными слезами и рыданиями.

По понедельникам я выкрадывала из кладовой остатки воскресных сдобных хлебов, посыпанных корицей и сахаром.

Если бы поймали, о, позор!

Но добытая добыча,-- какое сияющее торжество!.. И с благоговением принималась.

С большой доски, когда на нее мелом записывала дежурная имена шаливших перед самым приходом сестры или самого пастора,-- я стирала провинившихся и заносила себя...

Изгоняли из класса.

Задавали переписки.

Не брали на прогулки.

Сажали под арест в третьем, пустом этаже...

Там было страшно. И пауки.

Собственно, я познакомилась всего с тремя, но если их было три, значит, и много, сколько придется. Двое из них вязали свои сеточки в окне пустого дортуара, третий, прикрепившийся длинной, совсем невидимой ниточкой к потолку, казался как раз над моей головой, когда я проснулась в первое утро первого моего ареста.

Я закричала высоким, совсем пронзительным и несливающимся голосом, потому что боялась пауков. Я же не дома была, а в третьем этаже, под арестом у дьякониц.

Искричавши долгий вздох, я умолкла, и тогда только нашла силы сдернуть голову с подушки и сорваться из-под паука со страшной постели.

Вечером перед сном я оттащила кровать на середину комнаты. А днем-то и познакомилась хорошо с двумя оконными пауками. У оконных были наловлены мухи в липкой их сетке. Они подбегали к пленницам, жужжавшим ровным, тонким, непрерывным и тошнящим звоном, и начинали деловито кружить вокруг них. Каждое окружение окутывало бьющуюся муху глуше и плотнее, и жужжание медленно, ровно замирало. Вскоре становилась тишина, и к затканному серою ваткой тельцу -- легконогий, долговязый, сухопарый присасывался без звука и движения.

Тогда замирала и я, и глядела...

Раз поймала на раме муху и сама туда сунула...

Вскоре нашли, что я порчу тоненькую Гертруд. Позвала к себе начальница и запретила "ходить" с нею.

Тогда начались наши свидания по вечерам в дальнем уголке коридора под черною шалью.

Это было еще слаще.

Сначала Гертруд робела и отказывалась. Очень боялась она своих опекунов. Но еще больше моих приказывающих глаз. И приходила, в первые вечера дрожащая, как черноокая козочка, потом успокоенная, потом влюбленная. И мы шептались и целовались. Сообщали одна другой геройства и печали дня. (Мы учились в разных классах). И часто она плакала и просила меня не любить Люции.

-- Доктор сказал, что она обречена. Но знаешь ли ты, что у меня тоже чахотка? Посмотри, какая я худенькая и желтая.

Мне становилось и жалко, и вместе с тем завидно. Как красиво быть обреченной! Я завидовала им обеим, и злое чувство толкало странные слова.

-- Гертруд, знаешь, что? Я тебе признаюсь: я вовсе не люблю Люции. Это она ко мне пристает. Я тебе покажу ее записку... в ней она меня умоляет ходить с нею...

Я ищу у себя за пазухой. Но, конечно, там нет небывалой записки.

-- Ну, я потеряла. Вот беда! О Гертруд, что я буду делать? Мне жаль, если записку найдут "большие". Ведь Люция тоже "большая", не забудь. И те дуры ее начнут презирать, за дружбу со мною.

Комедия удается. Гертруд сквозь блаженный блеск черных, любящих глаз,-- озабочена:

-- Я думаю: не в саду ли ты потеряла, когда мы делали гимнастику? Тогда ничего, моя принцесса. Там метет садовник, и никто не найдет.

Они меня все считали принцессой, принцессой в изгнании, и даже те, которым я рассказывала, что дома живу в снежной юрте, ем сало свечное и топленым жиром смазываю длинные до полу волосы:

-- Где же они до полу?

-- Мне остригли, когда меня отмывали перед путем сюда...

Тоска и томление в школе начинались с утра. Звонок, несущийся по коридорам, вонзается в мозг и вспугивает сердце.

Еще втягиваешь на вздрогнувшие плечи прогретое ночным телом одеяло, слушаешь прыжки сердечные и жмуришь сонные глаза. Но вот, из-за ширмы, всегда звонкий, всегда пробужденный, голос нашей фамильной сестры Матильды.

-- Kinder! Kinder! Дети, уже день!

День? Темно. Высунешь носок -- холодно.

За ширмой копошится... И уже вот она, долговязая, синяя фигура, и белый чепец с фалборками над длинным лицом и бледными, измученными по-детски глазами,-- как и не снимался на ночь.

Вскакивала обеими ногами зараз на студеный пол. Дежурная зажгла две лампы по стенам.

Посреди спальни, во всю почти длину комнаты,

умывальный стол. Там в кувшинах за ночь намерзла тонкая корочка льда.

-- Живо умывайтесь! -- командует сестра Матильда,-- холодная вода здорова для тела.

Здорова!.. какое мне дело до здоровья? Люция здорова? Дал бы мне Бог быть как она -- обреченной.

Внизу, в столовой, собирается вся школа. Над длинными столами низко висят под широкими железными колпаками лампы, светятся не разливая желтого света в белесых утренних сумерках. Ряды грубых белых чашек с толстыми краями, ломти серого хлеба...

Дежурные обходят сидящих, из высоких кувшинов льют жидкий кофе и кипяченое молоко.

Горячее! С жадностью припадаю. От холода и дрожи тоска навязчивее и сердце безащитнее. И упорнее нарастает томление.

Хочу того, чего на свете нет. Вот в этом холоде, темноте, чужбине, одиночестве не хочу ничего, что есть, а того, чего нет.

Глотаю кофе молча, со злобою, с безнадежной жадностью. В кармане уже третий день ношу наполовину прочитанное письмо от мамы.

Что пишет мама? Что ей писать? Какое ей дело до того, что не мое?

Мыслей нет у меня, но нет и любви.

Люция там, далеко, за своим, "семейным" столом. Гертруд теперь тоже перевели... от меня... чтобы не портилась. Конечно, я порчу. Еще бы, если во мне чорт.

Этому чорту я поверила бы, согласна была бы поверить, если бы верила в Бога...

Это случилось вот как,-- что я о нем, о своем, узнала. -- После кофе мы ходили всеми "фамилиями" на молитву в особый молитвенный зал. И вот на одной такой молитве -- я расчихалась. То есть, собственно, я всегда умела удерживаться от чихания, это же так просто: стоит только захватить в грудь побольше воздуха и не дышать... Но на этот раз выходило смешно и соблазнительно, и на одну минуту я почувствовала ясно, как все мысли всех голов вокруг меня отвратились от Бога и прилипли ко мне.

А я чихала и чихала...

Мне дали кончить, чтобы не осквернять долгой молитвы бранью, но когда я, уже по окончании, метнулась к дверям, громкий голос величественной начальницы, сестры Луизы Кортен остановил меня, как рукой за плечо:

-- Вера, какой злой дух вселился в тебя?

И, как не своя, в одном неправедном ударе гнева, я крикнула, я, далекая изгнанница, одинокая и дурная:

-- Русский.

Сидела три дня в третьем этаже. Вязала. С пауками. Домой послали письмо. Мне же принесли надписывать адрес.

Конечно, то письмо не дошло, потому что адрес на нем оказался небывалый.

Через два месяца оно вернулось, но пока -- случились поезд и пруд, и свидание с Люцией под шалью.

Пруд мы встретили на прогулке.

Однажды пошли не к бедным, а в плоские поля. Был свежий весенний день. Шла в паре с белобрысенькой, добродетельной Агнес Даниельс. Ее презирала и издевалась над нею с Гертруд; но, за любовь и восторги ко мне, клялась ей в вечной дружбе.

Поля были плоские и голые, жидкие лесочки, саженные рядами, каждый ряд, как облезлый пробор на скучной голове Александры Ивановны.

Прошли пробором без радости, без грибов, и вышли в новое гладкое поле, где по озимым зеленям зацветала желтая горчица.

Вдруг внизу пошла земля. Начался лужок. Нас пустили врассыпную.

То, что земля так вдруг накренилась книзу, очень взволновало меня. Я покинула подруг и побежала. Сердце ударялось неровно, дыханье стало прерывисто. Нужно было что-то сделать. Нужно было, нужно было что-то сделать.

Бежала, приударяя одной ногой по короткой, густой траве косогора.

Что-то прерывало луг: ровная прямая линия и по ней две блестящие полосы.

И вдруг вопль, во всей плоской пустоте далеких, смирных далей,-- дикий, пронзающий долгий вопль, брошенный каким-то озверелым отчаянием. И мчится, близясь, гремучая змея, и я несусь уже себя не помня.

Через поля, через поля, через плоские, ровные поля, бесконечные, мимо лесов, краем лесов с проборами, мимо ручных кирпичных домов, где сестры, где сестры, где все живут сестры, все сестры-дьяконицы; и тоска, и мир, и тесное благоволение,-- прочь, прочь, вези меня, гремучее чудовище с дымной гривой, по блестящему пути! В даль, в даль, в последнюю, в самую последнюю, свободную, невозможную даль.

Стою у шлагбаума. Грудь, где прыгает умирающее сердце, выгнула навстречу стальной груди его.

Нырнуть под полосатое бревно,-- и я на рельсах. Вот оно, гулко орущее, орущее мне дико в уши, в душу, в самое мое дыхание, чтобы оно, дыхание, остановилось!..

-- Увези, или убей...

Вихрь закружил меня, и дыхание огня и дыма...

Моя рука рванулась из другой руки, вцепившейся в нее. В мои глаза глядят те обреченные, и сиреневые лучи стали мгновенно темно-лиловыми, а лицо Люции белее ее белого платья. Губы раскрыты, и говорят, кричат. Но разве слышно в вихревом вое и грохоте? Легкие волосы медно-сияющим облачком колышутся вокруг ее головы.

Потом,-- дальше грохот, тише вихрь. Вой внезапно сорвался на взрыде, и слышу урывками:

-- ... Уже в прошлый раз хотела. Но как увидела тебя... догадалась, когда ты бежала, что и ты захочешь...

Я поняла, как-то вдруг и с ужасом, чего мы только что хотели... Мы -- я и она. И что поезд там промчался, что поезд умчался, и что вот мы стоим одни среди поля, мы обе, мы обреченные. И рельсы блестят вдаль. Тогда открыла рот и нелепо, по-домашнему, завыла.

Вся затрясшись, с лицом передернувшимся злобою, незнакомым, Люция оттолкнула меня в грудь. И побежала назад к подругам.

Дальше я шла молча, очень тихая, избегала Люции, и Гертруд, и Агнес.

Но когда мы дошли до пруда (да к пруду и спускался тот томно-слабый косогор луга), и я увидела, как стлалась, переблескивая, шелковистая рябь по плоской поверхности серо-жемчужной воды, и накатывалась тихонько, шелестом, шепотом на мокрые камушки у пологого берега,-- уже не могла я остановиться.

И шла. И шла. Так шла, пока вода, спокойная и решительная, не поднялась, не обняла меня до пояса и я не услышала впервые долгого визга и криков на берегу...

Как тяжело было волочить на себе мокрые юбки! И чавкали башмаки.

Люция не подошла. Люция презирала. Гертруд подошла, робко спросила:

-- Зачем ты вбежала в пруд?

-- Это не пруд.

-- А что же?

-- Это море.

И через минуту еще, пересилив всю свою грусть тяжелую и текучую, я крикнула почти:

-- Это море! море!

Люция презирала?

Но в этот вечер Люция мне говорила:

-- Зачем ты ходишь с маленькой Гертруд? Она глупа.

Я ответила и не знала, почему:

-- Это так... Чтобы дразнить тебя.

Люция рассердилась.

-- Ты забываешь, кто я! У меня много могло бы быть подруг интереснее тебя.

-- Конечно, но ты любишь не "больших", а меня.

Я сказала это дерзко, и мне казалось, что теперь все потеряно и что так лучше, до конца... пускай...

Люция помолчала... вдруг, тоскливая, испуганная и нежная, бросила обе тонкие, легкие, сухо-горячие руки вокруг моей шеи и, откинувшись, глядела в мои глаза всеми своими сиреневыми, сияющими сквозь слезы лучами. Мне спутались минуты, и время, как сердце в перебое, на одно биение приостановилось... Это было страшно, как спуск стремительный с ледяной горы, как смертная угроза.

В тот вечер Люция согласилась прийти в наш уголок (мой и Гертрудин), там, где коридор был темен у ночного окна.

И Гертруд я позвала, быстро перешепнувшись после утренней общей длинной молитвы, в толпе у дверей... Только ей я сказала:

-- Смотри, жди не в старом углу, а в том, у вешалки напротив.

Она ждала в углу напротив, вся притиснувшись узким телом, слишком высоким для ее двенадцати лет и всегда таким тепленьким и гибким под шалью... Сегодня Гертруд увидит, как любит меня Люция. Стоять будет одна в пустом углу и глядеть.

Черная шаль была у меня. И я шла, держа за руку Люцию.

В этот вечер под шалью я все сказала Люции. Так случилось оттого, что мы вспомнили поезд и пруд, и оттого, что Люция сама была как безумная, так что, подходя, даже не заметила Гертруд, и оттого, что мы целовались под шалью с каким-то смертельным и больным томлением, как... обреченные.

Мы, конечно, обе были обречены. Она на смерть, я на гибель... И потому я сказала все про Бога, что Бога нет и что нет ничего, что невозможно.

Люция не удивлялась. Конечно, так и случилось, как я знала, что случится. Последний ужас. Люция, обреченная на скорую смерть, уже знала, что Бога нет. И мы сжимали одна другую какими-то пронзительно-томящими объятиями, как будто в этом, как будто в этом можно забыться.

О Гертруд не думали, и куда она делась.

Уже утром узнала за кофе, что Гертруд наказана страшно. Ее ночью искали в спальной, и нашли в саду какой-то одичалой. На две недели она исчезла от нас. Сидела под арестом.

Меня же из вечернего класса вызывала начальница, на следующий день после пруда и свидания, и строго объясняла: я порчу Гертруд. Во мне живет дух вечного бунта, он глядит из моих глаз, из моих движений, кричит в каждом моем слове, это дух дьявольский, и к кому я подхожу, тот ощущает его. Слабые же принимают его в себя... Так с Гертруд... Если встретят нас когда-либо вместе, если уличат в переписке, в передаче взглядов даже,-- Гертруд будет тотчас исключена из школы и отослана к своим опекунам.

Гертруд исключат! Не меня, а ее! Вот это поразило меня. И мой взгляд в непреклонные глаза великолепной праведно-ликой сестры Луизы Кортен -- был силен презрением.

В классе после прогулки мы готовили часа три до ужина уроки. Туда, к подругам, испуганным за меня, я вернулась от начальницы, села на свое место и заплакала.

Что мне было делать иного? Каждый иной мой поступок должен был отразиться не на мне, а на Гертруд. Отныне все, что бы я ни сделала для защиты ее и нашей дружбы, отразилось бы не на мне, а на ней.

И плакала, придавленная впервые беспристрастною неправдою жизни.

Гнет насилия лег на мою спину и придавил головой к столу. Зарыв лицо в платок, я плакала и не могла остановиться.

Через три часа позвонил по коридорам звонок к вечернему чаю, меня же подруги вели под руки совсем разбитую, с распухшим лицом и слабыми ногами в спальню, в постель...

Потому что любила я свою тоненькую Гертруд жалостливою, незабывающею любовью...

И когда она сошла к нам с паучьего этажа, я написала ей свою первую кровавую записку.

С тех пор мы переписывались кровью, и находились вестники служить нам при опасности смертельной.

Я влюбилась в сестру Луизу Рино. У нее были невозможно большие, круглые, совершенно голубые глаза и детский полный ротик, совсем как у небесного ангела.

И так как выданная тайна моя не связывала больше моего языка, но жгла мое сердце по-прежнему, то и ей я сказала, что знала про Бога. Теперь оно уже было вероятнее,-- то, что Его нет.

Эта влюбленность прошла быстро, потому что я не любила, чтобы меня предавали: она же предала меня самой сестре Луизе Кортен.

Еще раз звала меня высокая начальница, но говорила голосом ласковым и зазывчивым и посадила меня на стул рядом с собою в своем строгом кабинете.

-- Твои мысли приходили в голову многим даже великим людям,-- заключила она речь,-- они сомневались в Боге, но всегда Его величие открывалось им и милость призывала их.

И вручила мне книжку. И освободила от уроков на два дня. Велела читать и предаваться размышлениям.

В пустынном саду вдоль дальней кирпичной ограды, пока подруги занимались с геррами пасторами, я бродила взад и вперед, и читала, как Вольтер, увидев дивный, солнечный восход, упал ниц и прославил Творца.

Не прославила.

Стала ловко втихомолку помойное ведро выплескивать на лестницу, потом в урочный час уборки, налив в него чистой воды, сносить вниз, как и следовало. Это для прикрытия. И поэтому никто не мог уловить. Только без уловления знали, и я знала, что знали, и стала уже все делать наоборот, как не нужно.

И тогда, в одну из тех ночей, явился мне чорт.

Я же хотела спастись и не могла. Душа была пустая и болящая. Прежде я знала только свои желания неправедными, теперь я испытала, что вся жизнь неправедная и что нет справедливости.

Я испугалась. И тогда мне явился чорт.

Ночью нашла тоска смертельная. Я была одна. Люцию увезли в больницу. У нее случился припадок удушья, и полилась кровь из горла. С Гертруд я не смела ходить. Агнес Даниельс как-то узнала о моем предательстве и, негодуя, отвернулась. Сестру Луизу Рино ненавидела и преследовала дерзостями.

Новой любви я не хотела. Любить -- это значит предавать. Разве сердце, научившееся предавать, может выбиться из одиночества? Мне было противно и совсем безнадежно.

И во всей этой тусклости смертельной тоски, совсем обволокшей сердце, я почувствовала радость.

Вскочила на постели и глядела в светлую мглу за окном.

Месяца не было видно, но весь воздух казался насыщенным его лучами и медленно, плавно колебался.

Моя радость росла. Моя дикая радость росла и во мне колебалась плавно, напухая. Острая, злая, соблазнительная.

Одна? И слава Богу! Зла? И слава Богу! Предательница? И слава Богу!

Вся сжатая, совершенно презрительная, и ловкая, и смелая, и сильная против боли и жалости и стыда,-- это я! это я!

И слава Богу.

За окном где-то светит месяц, и мне стало неудобно, потому что я не видела, где он, только свет видела, который колебался медленно и плавно. И, казалось, накатывал на меня, накатывал и уносил за собою туда к окну, за окно, в какое-то совсем пустое, и новое, и страшное пространство...

Мне стало страшно света. Я уже не знала, сон или явь со мною случились. Только одно знала, что должна крепко, крепко держаться, всеми мускулами притискиваясь вниз к постели, чтобы не поплыть, не поплыть теми волнами, теми жуткими, плавными волнами непонятного, зеленого света, ртутными волнами к окну, за окно, в новое, слишком большое, совсем пустое, где задохнусь, где задохнусь, где сейчас, сейчас вот задохнусь.

Гляжу в окно и пячусь сердцем. А там чорт. И скребет железными когтями по стеклу. Я засмеялась: ничего не боюсь.

А испугалась чего?

И соскочила с постели, и к той тени, скрюченной за окном, бегу, и холодно -- босыми ногами по полу, и радостно -- решившейся душе.

Растолкнула раму. Ведь его-то не столкнешь! Он-то цепкий. Он-то очень цепкий, липкий. Прилипает.

Сажусь к нему на подоконник. А он уже внизу. Вон у сосны, под окном, вон в тени сосны его тень.

Или я это во сне? Все это во сне? Но тогда откуда сон начинается? От того, когда Бога не стало? Или от того, когда чорт заскребся? Или от того, когда я еще была хорошей? И тогда все сон, все только один сон? И тогда все равно, будет ли весело или тоскливо, и хорошее или злое, и Бог или чорт вообще?..

Броситься...

Вот туда вниз. Ведь не убьешься. Только два этажа.

Зачем тогда испугалась поезда? Вера! Вера!

Всегда звонкий, всегда пробужденный голос звал меня из-за ширмы.

Верно, свежий ветер ночной пахнул туда, за ширму, из окна, потому что окно было открыто, и я сидела, скрючившись на подоконнике,-- это уже наверное теперь была явь, а не сон.

На другой день, кажется, и случилось, что вернулось письмо, написанное начальницей маме и не дошедшее вследствие неверного адреса.

А утром, еще до роковой почты, я на лестнице встретила Гертруд и вдруг в диком исступлении крикнула ей:

-- Сегодня я их всех взбешу, "свиней"!

Она была под лестницей,-- Рино.

Меня отвели в третий этаж, а домой послали телеграмму о моем исключении.

За мною приехал старший брат и повез в Италию, к морю, куда собрался провести осень с семьею. Там я должна была прожить несколько недель до приискания мне новой школы в Германии.

Увозили меня на рассвете, за полчаса до утреннего звонка. Никто не знал, и Гертруд не знала, и Люция в своей больнице, мимо которой мы проезжали в белом, слепом утре.

Я не плакала. Как закупоренная бутылка была. Так глупо: доверху полная, даже не болтается, и нельзя понять, что в бутылке. Даже сама не знала себя: злоба? раскаянье? страх? радость? отчаянье? Или просто смерть, та последняя, на которую я была обречена, на которую, конечно, и Люция обречена, потому что "знала"?

Дорогой, до самой Италии брат не беседовал со мною, так же, как и при свидании, когда не поцеловал, только руку подал. Впрочем, один раз спросил: правда ли, что я грязную воду лила в коридор, и, узнав, что да, со стыдом и печалью отвернулся от меня; а в другой раз посоветовал за табльдотом употреблять чистые носовые платки.

Вот и все.

На море, в Италии, я жила молча рядом с молчаливой, деловитой, красивой невесткой, с ее маленькими сыновьями. Иногда заглядывала ей в глаза и с испугом отводила взгляд. Я же прежде была в нее влюблена, еще совсем маленькой, когда она выходила за брата. Не смела целовать ее быстрых, белых рук. Раз украла ее утреннюю туфельку, гранатового бархата, и целовала, теплую и пахнущую резедой, ночью под подушкой.

Тогда она была как ветер быстрая по нашей городской квартире, насмешница, веселая, задорная, и вились легкие волосы над тихим, чистым лбом.

Теперь в ее больших, светлых глазах под строгими дугами русых бровей я видела только один приказ и, когда вдруг быстро вздрагивали легкие ресницы,-- одну мольбу: "Молчи".

И белые руки окрепли и помедлели, сильные и отчетливые.

"Трудись, трудись",-- говорили мне их строгие черты.

"И не спрашивай! и не спрашивай! и терпи, и терпи!" -- говорили тонкие морщинки на молодом, строгом лбу.

"Долг твой тебе сказан. Молчи. Молчи".

Семья брата была счастливая и дружная. Молчаливо дружная. Благородно строгая... деловитая.

С племянниками я не любила играть. Я с "маленькими"

не любила играть. Нельзя, если в лошадки,-- бить.

И уходила одна на море.

Оно было синее, скалы почти черные, и черный, сыпкий хрящ намочен волнами, забрызган белою пеною.

Садилась на берег, на солнцепек, у самой воды, и сидела.

Не думала. О чем думать? Если начнешь -- все скверное.

Конечно, все правы, а не я. Святые дьяконицы, т. е. диакониссы, выгнали за воровство, ложь, обман, дух дьявольский. Конечно, святые.

Ну, и все равно. Пусть.

Разве бывают святые, когда нет Бога?

Смешно это. Святым ведь всякий может сделаться. Кто только захочет. Это вздор, что дьяконицы святые, они не настоящие.

А настоящим тоже можно сделаться. Кто только захочет, тот и может сделаться. Это я знаю. Это так же просто, как что я вот теперь проклятая.

И проклятым всякий может, кто только захочет,-- это верно и также просто, ясно, как и святым. И радость одинаковая.

Я-то во всяком случае могу, потому что я иду всегда до конца, я-то уж докручусь, уж докружусь, уж допляшу!

Только вот что: если так непременно можно и святым быть и проклятым (да, наверно, и потому можно, что ведь были же и святые и проклятые: все это учат и знают),-- то как же нет Бога?

Если горячее -- значит, огонь. Если лед -- значит, мороз. Если святой -- значит, Бог. Если проклятый -- значит, чорт.

Довольно. Я же не хотела думать. Никаких нет святых и проклятых. А просто глупые минуточки. Вот так одна за другой поодиночке. Если бы были святые, хотя бы один, один какой-нибудь, самый один, только бы настоящий, только бы уж самый настоящий,-- то сейчас бы и все были с ним, сию же одну минуточку все с ним и на все минуточки, и все минуточки в одной минуточке.

Значит, и одного-то не было. Настоящего-то и не было.

И я одна, и минуточка одна.

Вот -- шлеп, шлеп волнушка за волнушкой, и каждая

головкой журчит:

-- Я одна. Я одна. Я одна.

-- Раз -- минуточка, два -- минуточка, три -- минуточка...

Дотикают часы-волнушки до моей поры домой бежать. А тут все-таки лучше сидеть, так, одной.

Я посрамила всю семью.

У меня там мама есть.

А где Александра Ивановна?

Володя писал вчера. Да я и не читала. Он, конечно, играет сам по себе.

Руслан... Глупости. Теперь не стоит.

Солнце слишком печет. Забираюсь в тень скалы. Что-то звенит, тонко, тошно, непрерывно.

Разве и здесь пауки?

Зудит звон в сердце. Хоть бы замотал! Замотал бы помягче крылышки.

Ах, это не паук, а водичка. Где-то струйка тоненькая в камнях. Теперь понимаю. И мне вдруг легко, вдруг, как гиря с сердца придушенного, и, не понимаю, отчего, вдруг маленькая вера, маленькая вера, что все это сон, что все это сон и проснусь дома.

Дома...

Дома, где Бог, и все вместе.

Стало скучно в тени за скалой. Вот там скала совсем в воде, и прохладно от воды, конечно.

С новой скалы вижу, как по воде, совсем синей, играет солнце золотою сетью. На дне камни ожили -- спины больших черепах раззолоченных, стая рыбок -- ожившие серебристые струйки.

Невдалеке, потому что у этих скал вода сейчас глубокая,-- как ребенок с круглым лицом, прыгнул радостный дельфин. У него доброе, круглое лицо.

Нагибаюсь ближе к воде.

Мой камень под водою оброс мхом. Нет, это даже не мох, это тоже живое -- грибы с живыми бахромками, ярко-синие и алые, они сжимаются и разжимаются, встречая наплескивающие волны, и раскрыты во мху малахитовом раковинки улиток доверчиво к приливу.

По плоскому камню под водой, переплетенному золотою, солнечною сетью, что-то двинулось черное. Краб. Смешной! Он пробирается боком и знает, круглый, весь в лапах и клешнях, куда идет. Там щель длинная, узкая. Краб в нее нырнул... Значит, и щель та не пустая. В ней живет блестящий, черный, круглый краб с клещами.

А свет колышется, перебирает золотыми звеньями. Я слышу звон звеньев. То плеск нежного прибоя по хрящу, и шорох рассыпчатой, отливчатой волны.

Уже немало времени сижу и гляжу в живое море. Уже вода по сгустившейся синеве подернулась новою голубизной, голубою серебристою плесенью по золотой сети.

Это полдень.

Жарко. Пустынно на берегу.

Я выкупаюсь.

Не стоит бежать домой за купальным костюмом. Мальчики привяжутся идти со мною. Накажет невестка не опоздать к обеду. Я просто так. Жаль, что страшно рубашку скинуть.

Или можно? Уплыву глубже.

Купаюсь там с рыбками, с живыми грибами, с улитками, с дельфином, с крабом... А вот на дне черные морские ежики с острою известковою щетиною.

Я вижу их сквозь стеклянную серебро-голубую глубину. Они тоже кажутся темно-пурпуровыми, как и жутко-сумрачные пятна подводных травных рощ. Хорошо, что плыву. Если бы нужно ступать по хрящу, так на дне можно занозить подошву о каменную щетину ежей, можно запутаться в пурпурно-бурых, лапчатых, пузырчатых стеблях...

Далеко выплываю. Дальше, чем где видела дельфина с детским лицом. Здесь, в мерцающую глубину глядя, вода уже зеленая и солнце в ней густо-желтое, как янтарь. И расплываются необъятно непонятные тени подводных скал.

Нет ли в скалах акул? Или больших, брюхатых каракатиц? Могут присосаться мне к животу мягкими щупальцами, неотрывными...

А если на минуту потопить голову в воду и глаза раскрыть,-- станет вдруг глухо, глухо, застелется струистая тусклость, и не страшно станет тогда... умереть не страшно...

Соленая вода держит без усилий. Можно перевернуться на спину и зажмурить глаза от большого света.

Пурпуровые сумерки, и тишина вся в пурпуре.

Лежу без движения.

Куда несет меня невидимое течение?

Разве нужно знать -- куда.

Но мысль об акулах тревожит глупый страх.

Уже я на берегу, на сыпком, гладком хряще... Хочу натянуть рубашку на мокрое тело. Но жду немного, ленясь и нежась. Не боюсь. В глухой полдень кто пройдет пустынным берегом?

Жарко. Уж очень жарко. И нет защиты голове. Я утром убежала от "лошадок" и забыла шляпу. Стало беспокойно в голове. Верно, солнце ударяет без милости по мозгу.

Вскакиваю. Бегу к черным скалам. Ищу тени. Ее уже нет. Солнце гонится за мной и кружит голову, и пьяный страх забился в заметавшемся сердце.

Вот скважина между скалами. Вползаю без мысли, втискиваюсь, царапая плечи, потому что закружилась голова и останавливается дыхание.

В глубине щели пещерка. Сыро, тихо, темно. Голова и плечи уже там. Потом и вся.

Лежу, молчу. Счастлива.

Может быть, и у краба в его щели есть пещера?

Лежу, зажмурив глаза. Должно быть, улыбаюсь. Хорошо в прохладе, сырости и тишине.

Глаза открылись. Черный, гладкий камень близко у глаз. Это стена моей пещеры. Я люблю глядеть так, очень близко, в предмет.

Вдруг замечаю движение. Это оттого, что мои глаза так близко у гладкой стены, что я могу заметить такое маленькое движение. Ползет снизу, с хряща по стене вверх маленький красненький паучок. Он весь не больше алой бисеринки. Но я вижу его ясно. И вижу на головке его четыре глазика. Четыре выпуклых блестящих точечки.

Это, конечно, его глаза.

Паучок вдруг круто остановился на самом уровне моих глаз. Не движется. Гляжу в его четыре глазочка, четыре глазочка у аленькой бисеринки. И вдруг я чувствую: те четыре глазочка красного паучка видят мои глаза неизмеримые, как море, как два моря безбрежные... и глядят те четыре бесконечно малых в мои два безграничных глаза, глядят и мерят, и боятся, и размышляют.

Мгновение, два, три...

Притаивши дыхание, жду его решения. И красный паучок повернул круто бисеринку книзу, скатился по сырой стене в свой хрящ, откуда выполз.

Тихо, тихо, осторожно я выдвигаю свое остывшее тело из прохладной пещерки.

Там, в пещерке, живет красный паучок. Он боится меня.

Зачем пугать его? Зачем подглядывать непрошено его жизнь и решения?

Тихо сидела. Тихо натягивала белье и платье.

Пошла к воде намочить платок, накрыть мокрым платком голову.

Не обулась. Ласковыми подошвами, ступая цепко, нащупывала влажные камушки, обточенные ласковыми волнами, влажные и теплые под обжигающим жаром солнца.

Подняла один, полосатенький, понюхала, лизнула: соленый, теплый, влажный.

Помню, заплакала, и с чего -- не знала. Так давно не плакала...

И вдруг так непонятно стало... Легла на хрящ. Босыми ногами зарылась в него, и лицом прильнула. Тепло, влажно... Тупо бьется кровь в ушах, темно и глухо, и тепло и влажно, и гулко, и тишина.

О Боже,-- я камушек!

Сама я камушек влажный и пригретый, тихий и под гулкой волной. И темнота пурпуровая во мне... И я красный паучок -- аленькая бисеринка с четырьмя точками-глазами. Влажно и прохладно в моей пещере. И я краб черный, боком, боком тороплюсь... И грибочки с бахромкой... течет вода подводная, чую, знаю ее, ей открываю бахромки,-- ловлю течения далекие. Слышу, слышу большую глубину, далекую, глухую глубину, очень тихую и плотную.

Целую камушки и снова языком лижу: соленые. Слезы ли мои? Или вода морская? Она тоже соленая.

И море плачет?

Или оно все слезы, все слезы камней, и паучков, и крабов, и мои, слезы земли?

Конечно, мне хорошо, и что-то прервалось, что становилось несносным.

Я уже давно не плакала. Слишком давно... так, от радости.

Also available from JiaHu Books:

Chekhov – Short Stories to 1880
English - 9781784351373
Russian - 9781784351212
Dual - 9781784351380
Chekhov – Short Stories of 1881
English – 9781784351489
Russian - 9781784351458
Лучшие русские рассказы — 9781784351229
Дядя Ваня — А. П. Чехов — 9781784350000
Три сестры — А. П. Чехов — 9781784350017
Вишнёвый сад — А. П. Чехов - 9781909669819
Чайка — А. П. Чехов — 9781909669642
Дуэль — А. П. Чехов — 9781784350024
Иванов — А. П. Чехов — 9781784350093
Шутки - А. П. Чехов — 9781784350109
Остров Сахалин - А. П. Чехов — 9781784351120
Русланъ и Людмила — А. С. Пушкин - 9781909669000
Евгеній Онѣгинъ — А. С. Пушкин — 9781909669017
Пиковая дама, Медный всадник, Цыганы — А. С. Пушкин —
9781784350116
Капитанская дочка — А. С. Пушкин — 9781784350260
Борис Годунов — А. С. Пушкин — 9781784350291
Стихотворения: 1813-1820 — А. С. Пушкин — 9781784350864
Анна Каренина — Л. Н. Толстой — 9781909669154
Детство — Л. Н. Толстой — 9781784350949
Отрочество — Л. Н. Толстой — 9781784350956
Юность — Л. Н. Толстой — 9781784350963
Смерть Ивана Ильича — Л. Н. Толстой — 9781784350970
Крейцерова соната — Л. Н. Толстой — 9781784350987
Так что же нам делать? — Л. Н. Толстой — 9781784350994
Хаджи-Мурат — Л. Н. Толстой — 9781784351007
Царство божие внутри вас... — Л. Н. Толстой —
9781784351113
Записки из подполья — Ф. Достоевский — 9781784350472
Бедные люди — Ф. Достоевский — 9781784350895
Повести и рассказы — Ф. Достоевский — 9781784350901
Двойник — Ф. Достоевский — 9781784350932
Рудин — И. С. Тургенев — 9781784350222

Записки охотника - И. С. Тургенев — 9781784350390

Нахлебник - И. С. Тургенев — 9781784350246

Отцы и дети — И. С. Тургенев - 978178435123

Ася — И. С. Тургенев — 9781784350079

Первая любовь — И. С. Тургенев — 9781784350086

Вешние воды — И. С. Тургенев — 9781784350253

Накануне — И. С. Тургенев — 9781784350512

Мать — Максим Горький — 9781909669628

Конармия — Исаак Бабель — 9781784350062

Человек-амфибия — А. Беляев - 9781784350369

Рассказ о семи повешенных и другие повести — Л. Н. Андреев — 9781909669659

Жизнь Василия Фивейского — Л. Н. Андреев — 9781784351182

Леди Макбет Мценского уезда и Запечатленный ангел - Н. С. Лесков - 9781909669666

Очарованный странник — Н. С. Лесков — 9781909669727

Некуда — Н. С. Лесков -9781909669673

Мы - Евгений Замятин- 9781909669758

Санин — М. П. Арцыбашев — 9781909669949

Двенадцать стульев — Ильф и Петров - 9781784350239

Золотой теленок — Ильф и Петров - 9781784350468

Мастер и Маргарита — М.А. Булгаков - 9781909669895

Собачье сердце — М.А. Булгаков — 9781909669536

Записки юного врача — М.А. Булгаков — 9781909669680

Роковые яйца — М.А. Булгаков — 9781909669840

Горе от ума — А. С. Грибоедов - 9781784350376

Рассказы для детей - Д. Хармс - 9781784350529